제16회
미당문학상
수상작품집

제16회
미당문학상
수상작품집

김행숙 | 유리의 존재

중앙일보
문예중앙

차례

수상시인 김행숙 특집

최종후보작

제16회 미당문학상

수상시인 김행숙 특집

수상작 | 유리의 존재

수상 소감 | 유리창을 두드리는 시

자선작 | 이것이 나의 저녁이라면 외 28편

수상시인이 쓴 연보 | 인간의 시간

수상시인 인터뷰 | '갓행숙'의 단단한 말의 성城 _오은

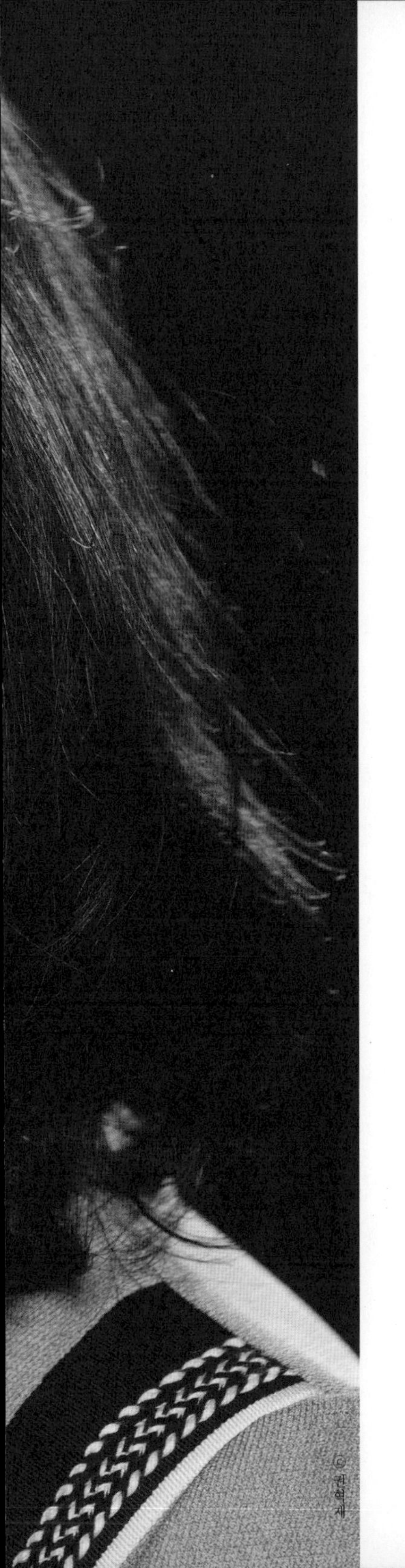

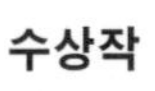

수상작

유리의 존재

유리의 존재

유리창에 손바닥을 대고 통과할 수 없는 것을 만지면서…… 비로소 나는 꿈을 깰 수 있을 것 같다. 그러니까 보이지 않는 벽이란 유리의 계략이었던 것이다.

그래서 넘어지면 깨졌던 것이다. 그래서 너를 안으면 피가 났던 것이다.

유리창에서 손바닥을 떼면서…… 생각했다. 만질 수 없는 것들로 이루어진 세상을 검은 눈동자처럼 맑게 바라본다는 것, 그것은 죽은 사람이 산 사람을 보는 것과 같지 않을까. 유리는 어떤 경우에도 표정을 짓지 않는다. 유리에 남은 손자국은 유리의 것이 아니다.

유리에 남은 흐릿한 입김은 곧 사라지고 말 것이다. 제발 내게 돌을 던져줘. 안 그러면 내가 돌을 던지고 말 거야. 나는 곧, 곧, 무슨 일이든 저지르고야 말 것 같다. 나는 오늘에야 비로소 죽음처럼 항상 껴입고 있는 유리의 존재를 느낀 것이다.

믿을 수 없이, 유리를 통과하여 햇빛이 쏟아져 들어왔다. 창밖에 네가 서 있었다. 그러나 네가 햇빛처럼 비치면 언제나 창밖에 내가 서 있는 것이다.

수상 소감

유리창을 두드리는 시

작년 여름은 추웠는데, 올해 여름은 숨이 막히게 더웠습니다. 작년 여름에는 유리창에 성에가 끼고 시야를 지우며 멀리서 눈이 내렸습니다. 이상한 계절에 갇혀 있었습니다. 시는 멀리 소실점 속으로 물러갔다가 문득 이 이상한 계절의 유리창을 깨뜨리듯이 찾아왔습니다. 시로부터 잊히지 않았다는 것만으로 감사했는데…… 상까지 받게 되었습니다.

뜨거운 여름 햇빛이 아직 남아 있었던 어느 날, 수상 소식은 새의 부리처럼 날아들었습니다. 제 안의 무엇인가를 쪼아댔습니다.

새의 부리 같은
눈비 같은
아침 이슬을 미세하게 흔드는 가장 약한 바람 같은
이웃의 눈물 같은
이방인의 길을 잃은 눈빛 같은
외국어 같은
밤하늘의 칠흑을 찢는 번개 같은
붉은 사이렌 같은

얼음을 쪼개는 도끼 같은
발바닥을 태우는 불꽃 같은
시끄러운 광장에서 엄마 손을 놓친 아이의 손 같은
유리창을 향해 긴 포물선을 그으며 떨어지는 돌멩이 같은

……그런 외부가 없었다면, 어떻게 시가 깨어났을까요? 그런 바깥이 없었다면, 어떻게 나는 나를 벗어날 수 있었을까요?

바깥을 안에 품는 시를 쓰겠습니다.
안을 바깥으로 내놓는 그런 시를 쓰겠습니다.
삶을 살듯이 시를 살아가겠습니다.

격려해주신 심사 위원 선생님들께, 마음을 나누는 친구들에게, 따뜻한 옆을 만들어주는 가족들에게, ……시로 찾아오는 세계의 모든 얼굴들에게

감사합니다.

자선작

이것이 나의 저녁이라면 외 28편

이것이 나의 저녁이라면

신발장의 모든 구두를 꺼내 등잔처럼 강물에 띄우겠습니다
물에 젖어 세상에서 가장 무거워진 구두를 위해 슬피 울겠습니다
그리고 나는 신발이 없는 사람이 되겠습니다
나는 국가도 없는 사람이 되겠습니다
이것이 나의 저녁이라면 그 곁에서 밤이 슬금슬금 기어 나오고 있습니다
기억의 국정화가 선고되었습니다
책들이 불타는 밤입니다
말들이 파도처럼 부서지고
긁어모은 낙엽처럼 한꺼번에 불타오르는 밤, 뜨거운 악몽처럼 이것이 나의 밤이라면 저 멀리서 아침이 오고 있습니다
드디어 아침 햇빛이 내 눈을 찌르는 순간에 검은 보석같이 문맹자가 되겠습니다
사로잡히지 않는 눈빛이 되겠습니다
의무가 없어진 사람이 되겠습니다
오직 이것만이 나의 아침이라면 더 깊어지는 악몽처럼 모든 구두가 물에 가라앉고 있습니다
눈을 씻어도 내 신발을 찾을 수 없습니다
나는 이제부터 서서히 돌부리나 멧돼지가 되겠습니다

무의식을 지켜라

무의식은 무한하고 나는 유한한데

이제 내 신발 밑에서는 한 개의 그림자도 새어 나오지 않아요.

무의식은 보이지 않고 나는 보이는데

보이는 것이 보이지 않는 것을 어떻게 지킵니까?

나는 꿈도 꾸지 못하고 헛소리도 하지 못해요.

꿈을 꾸지 못해서 잠을 자지도 못해요.

얼마나 높은 곳에 오르면 무의식이 보입니까?

그곳에 누가 있어서 무의식을 씻기고 먹이고 새어머니 노릇까지 합니까?

무의식에 손대는 그 손은 얼마나 거대합니까?

오늘날 신적인 것은 어떻게 스스로를 드러냅니까?

무의식의 엄마가 나의 폭군이라면

무의식의 친지들이 내가 대문 앞에서 쫓아낸 이방인들이라면

무의식의 적이 나의 친구들이라면

그래도 나는 무의식을 몰라요.

나는 그 사람을 몰라요.

나는 간첩을 몰라요.

제발 살려주세요. 눈이 내리는 1월에도, 눈이 녹는 1월에도, 나

는 세금을 냈어요.

그날 눈 쌓인 새벽 골목길에 내 발자국이 푹푹 찍혀도

나는 정말 나를 몰라요.

잠들지 않는 귀

1

안녕, 어느 여름날의 서늘한 그늘처럼 나는 네게 바짝 붙어 있는 귀야. 네가 세상모르게 잠들었을 때도 나는 너의 숨소리를 듣고, 너의 콧소리를 듣지. 네가 밤새 켜두는 TV에서 느닷없이 북한 아나운서의 억양이 높아졌어. 이 모든 것이 공기의 진동이야. 그리고 어디선가 종소리가 들렸어. 이런 밤중에 종을 치는 사람은 누굴까. 나는 너를 파도처럼 흔들어 깨우고 싶어.

2

어느 날은 늙은 어머니가 네 방으로 건너와서 40년 전 어느 젊은 여자의 어리석음에 대해 한탄했네. 여자는 아름다웠지만 아름다움을 자신에게 이롭게 사용할 줄 몰랐네. 잘 자라, 가엾은 아가야. 이 모든 것이 화살이란다. 너는 잠든 척했어. 나는 너의 숨소리를 듣고, 너의 숨죽인 비명을 듣고, 늙은 여자가 얼굴을 일그러뜨리며 우는 소리를 들어. 그날 나는 너의 침묵을 이해했지. 너는 나처럼 말을 하지 못하는구나. 이 모든 것이 그냥 지나가길 빌었어. 그리고 어느 날 그녀가 죽었어.

3

어디선가 제 가슴을 치는 사람이 있고 어디선가 제 주먹이 깨지도록 벽을 치는 사람이 있겠지. 내가 듣지 못하는 소리들이 어디선가 공기를 울리고 있어. 내게는 들리지 않는데 너에게는 들리는 소리들을 상상해. 네가 나를 게걸스럽게 잡아먹는 꿈을 꿔. 나는 너를 높은 파도처럼 집어삼키고 싶어. 수도꼭지에서 물방울이 뚝뚝 떨어져. 이 모든 것이 공기의 충돌이야. 이 모든 것이 행성의 충돌이야. 벽을 치는 사람에게는 벽에 세워두고 싶은 그, 그 사람이 있어서 피부를 찢고 피가, 피가, 피가 났어. 이 모든 것이 파편이야.

4

또 어느 날은 네가 허공에 대고 혼잣말을 하고 있지. 혼자 하는 말은 혼자 하는 생각과 얼마만큼 비슷한 걸까. 나는 말벗이 될 수 없구나. 대신 비밀이 되어줄게. 나는 아무도 모르게 커져서 먼 훗날 너를 품에 안고 고요하게 폭발할게.

주어 없는 꿈

어떻게 하면, 당신이 원하는 꿈을 꿀 수 있을까? 물결처럼 베개를 높이고, 낮추고……

나는 당신이 꾸는 꿈을 꾸고 싶다. 밤새 내가 하는 일은 잠든 당신의 얼굴을 뜯어보듯 관찰하며, 파고들듯 탐구하며……

당신이 모르는 당신의 얼굴을…… 파헤치고 싶다.

삶이 우리를 서서히 갈라놓았다면 죽음은 우리를 와락 끌어안을 것이다. 삶이 죽음을 모르는 만큼 죽음도 삶을 모르는 것이다.

어떻게 하면, 단단한 씨앗 속으로 다시 들어가 다시 태어날 수 있을까?

어떻게 하면, 다른 곳에 뿌리를 내릴 수 있을까? 뿌리가 제 꽃을 모르는 만큼 꽃도 제 뿌리를 모르는 것이다. 그것은 별빛이 별빛에 닿듯 까마득히 먼 거리인 것이다.

당신의 가슴에 손을 얹고 느껴보았다. 쿵, 쿵, 쿵……

계속, 계속해서 그것은 이쪽으로 다가오는 중이다. 오른발이 없어지는 동안에 왼발이 생기네, 왼발이 없어지는 동안에 오른발이 생기네, 오른발이 없어지는 동안에……

쿵, 쿵, 쿵…… 그것은 폭설처럼 거칠고 깊은 잠에 빠진 어느 마을을 빗장처럼 가로지르며 홀로 걸어가는 복면한 도둑과 같은 것이다. 계속, 계속, 계속해서 그것은 저쪽으로 걸어가는 중이다.

훔친 물건을 되돌려주기 위해 다음 날 밤을 기다리게 될 도둑이 있었을 것이다. 내일은, 내일은……

어떻게 하면, 당신의 담장을 넘어 당신이 원치 않는 꿈을 꿀 수 있을까? 당신의 목구멍을 긁으며 마침내 빠져나오는…… 저 한 자루 과도에서 한 방울, 한 방울 떨어지는 달콤한 액체를 나는 맛보고 싶다.

과연 당신은 그곳에 무슨 열매를 깎아놓았을까. 나는 당신이 꾸는 꿈을 꾸고 싶다.

당신의 꿈속에서 내가 모르는 내 얼굴을…… 죽이고 싶다. 붉은 껍질을, 붉은 껍질을…… 하염없이 떨어뜨리고 싶다.

꿈속에서 나는 늘 진지했다. 꿈속에서 나는 한 번도 농담을 한 적이 없다.

밤에

밤에 날카로운 것이 없다면 빛은 어디서 생길까. 날카로운 것이 있어서 밤에 몸이 어두워지면 몇 개의 못이 반짝거린다. 나무 의자처럼 나는 못이 필요했다. 나는 밤에 내리는 눈처럼 앉아서, 앉아서 기다렸다.

나는 나를, 나는 나를, 나는 나를, 또 덮었다. 어둠이 깊어……진다. 보이지 않는 것을 많이 가진 것이 밤이다. 밤에 네가 보이지 않는 것은 밤의 우물, 밤의 끈적이는 캐러멜, 밤의 진실. 밤에 나는 네가 떠나지 않았다고 생각한다.

낮에 네가 보이지 않는 것은 낮의 스피커, 낮의 트럭, 낮의 불가능성, 낮의 진실. 낮에 나는 네가 떠났다고 결론 내렸다.

죽은 사람에게 입히는 옷은 호주머니가 없고, 계절이 없고, 낮과 밤이 없겠지…… 그렇게 많은 것이 없다면 밤과 비슷할 것이다. 밤에 우리는 서로 닮는다. 밤에 네가 보이지 않는 것은 내가 보이지 않는 것같이, 밤하늘은 밤바다같이,

해피 뉴 이어

케이크처럼 우리는 모여 있다. 우리가 너무 가까워서 우리 사이를 지나갈 수 있는 것은 칼뿐이라는 듯이

우리는 단면을 드러내고 있다. 크게 웃을 때 보이는 가지런한 치아처럼 우리는 나란히 늘어서 있다. 우리는 기다리고 있다. 벽시계를 올려다보며 이제 우리는 똑같은 입 모양으로 동시에 지를 비명소리를…… 아 아 아 아 아 잠에서 깨기 위해 기지개를 켜듯

준비하자! 이 세계에는 도화선처럼 점점 짧아지는 무언가가 있다! 곧 끝이 무엇인지 보여주겠다는 듯이

카운트다운이 시작되었다. 갑자기 푸른 스크린이 지지직거리더니 치마저고리를 입은 대통령이 나타나서 척결剔抉! 척결剔抉! 척결剔抉!을 고창했다.

그러나

뒤돌아서는 순간, 그러나

내가 너와 반대 방향으로 계속 걸어갈 수 있을까

너의 등을 볼 수 없는 세계로 발을 떼는 순간, 눈앞에는 아직까지 한 번도 사랑하지 않았던 것들로만 이루어진 세상,

네가 존재하지 않는 세상, 그러나 내가 죽은 사람과 거의 다르지 않다면 망자의 기억을 나누어 가진 사람이 모두 망자와 거의 다름없는 세상,

그러나 어렵지 않게 버스를 탔고, 어렵지 않게 식당과 화장실을 찾았고, 어렵지 않게 건널목을 건넜다

그러나 어려운 것은 그런 것이 아니었다

거대한 혹처럼 태양을 등지고 네가 내 앞에서 걸어오고 있다, 내 앞에서 걸어오는 사람이 바로 너라고 생각하며 나는 똑바로 걸

어가고 있다

거대한 화농이 터진 듯이 이 세상은 무섭도록 아름답다

존재의 집

그런 입 모양은 아직은 침묵하지 않은 침묵을
침묵으로 들어가는 입구를
입구에서 조금만 더,
조금만 더 기다려보자고 기다리고, 끊어질 것 같은 마음으로 기다리는 사람을 뜻한다
그 사람이 얼음의 집에 들어와서 바닥을 쓸면 빗자루에 묻는 물기 같고
원래 그것은 물의 집이었으나 살얼음이 이끼처럼 끼기 시작하고
물결이 사라지듯이 말수가 줄어든 사람이
아직은 침묵하지 않은 침묵을
침묵으로 들어가는 좁은 입구를
그런 입 모양은
표시했다
식사 시간에 그런 입 모양이 나타났을 때 숟가락을 떨어뜨렸고, 그 사람은 숟가락을 떨어뜨린 줄도 몰랐는데
그 숟가락은 무엇이든 조금씩 조금씩 덜어내기에 좋은 모양으로 패어 있고
구부러져 있다

숟가락의 크기를 키우면 삽이 되고, 삽은 흙을 파기에 좋다
물, 불, 공기, 흙 중에서 흙에 가까워지는 시간에
이를테면 가을이 흙빛이고 노을이 흙빛이고 얼굴이 흙빛일 때
그런 입 모양은 아직은 입을 떠나지 않은 입을
아직은 입으로 말하지 않은 말을
침묵의 귀퉁이를
아직까지도 울지 않은 어느 집 아기의 울음을

유리창에의 매혹

이 집에 자주 들르는 이유도 커다란 유리창 때문이라고 말했지. 망원경의 성능이 좋아질수록 밤하늘에 나타나는 별들도 많아지니까.

뭐? 우리 동네에 커피 전문점이 부쩍 많아진 이유가 커다란 유리창 때문이라고? 백 년 전 젊은이들에게 유리창은 모던하고 신비로운 물체였어. 세상의 모든 골목에서는 유리창을 깨뜨린 아이가 혼쭐나는 날들이 백 년 동안 반복되었지. 유리창은 있으나 없으나 똑같을 것 같은데.

똑같다고 말할 때, 너는 잠깐 이 세상에서 가장 순진한 얼굴이 되었다. 이 바보야, 이렇게 환한 커피 전문점에서 유리창이 밤을 밀어낼 때, 어둠은 거울 속처럼 너의 얼굴을 가져간다.

커피를 마시며 시험공부를 하고 있다. 이번엔 꼭 시험에 합격하여 공무원이 되었으면 좋겠다. 여섯시 정각에 퇴근하는.

여기에 앉아 있으면 저녁 여섯시 무렵부터 시작되는 마술을 볼 수 있지. 세상의 모든 커피 전문점 2층의 천장에 박힌 알전구들이 유리창 너머 허공 속으로 한 개씩 한 개씩 늘어서는…… 놀라운 광경을. 나는 저녁 여덟시에 청색 하늘에 떠 있는 전구들을 바라보고 있으면…… 어쩐지 친구를 한 명씩 한 명씩 잃어버리고 있다는 생각이 들어. 유리창 너머에서.

사람들은 백 년 동안 한결같이 유리창을 사랑했다는 생각이 들어. 유리창을 통과하여 찻집으로 날아든 하얀 새를 보면서, 유리창이 가짜라고 생각하는 사람과 새가 가짜라고 생각하는 사람이 마주 앉아 커피를 홀짝거리고 있어.

새의 존재

발의 높이가 다른 존재들
순간적으로 계단을 만들고
허물어뜨리는

수천 개의 발을 가진 듯
시시각각
다른 곳에서
새로운 음악이 시작되는 지점 같은

심장을 누르면 새들을 죽일 수 있다•
그것이 누구의 심장이든
심장까지의 거리는
사랑과 죽음을 혼동하는 연인들보다 가까워

누군가는 눈보라 속 무분별한 벌판을 건너가며 발의 감각을 잃어버렸을 것이다
눈과 얼음의 땅이 푹 꺼질 때
눈을 꾸욱 누르고

얼음의 새파란 살결을 부수는

발처럼

새의 심장은

허공을 누르며 날아갔을 것이다

●페터 회,『스밀라의 눈에 대한 감각』

천사에게

천국에 의자가 있다는 이야기를 들었다. 오른쪽과 왼쪽이 있다는 이야기를 들었다. 그의 이야기는 천국에도 있는 것이 이 세계에도 있으면 좋은 것이라는 뜻으로 들렸다가,

이 세계에도 있는 것이 천국에도 있으면 나쁜 것이라는 뜻으로 들리기도 했다. 아, 달빛은 메아리 같아. 꼬리가 흐려지고…… 떨리는…… 빛과 메아리. 달빛은 비밀을 감싸기에 좋다고 생각하다가,

달빛은 비밀을 풀어헤치기에 좋다고 생각했다. 달빛은 스르르 무릎을 꿇기에 좋은 빛, 달빛은 사랑하기에 좋은 빛, 달빛은 죽기에도 좋은 빛,

오늘 밤은 천사의 날개가 젖기에도 좋은 빛으로 온 세상이 넘쳐서, 이 세계 바깥은 없는 것 같구나. 우리 도시의 지하에는 커브를 그리며 돌아다니는 열차가 있고, 열차에는 긴 의자가 있다는 이야기를 들려주었다. 긴 의자에 앉으면 천국의 사람들처럼 죽은 듯이 흰자위가 사라지는 사람들이 있다는 이야기를 들려주었다. 꿈속에서도 서로를 죽이는 사람들의 이야기를 그의 눈송이 같은 귀에

다 뜨듯한 입김을 불며 속삭여주었다.

인간을 사랑하느냐고 나는 물었고, 그리고 오랫동안 대답을 기다렸다.

저녁의 감정

가장 낮은 몸을 만드는 것이다

으르렁거리는 개 앞에 엎드려 착하지, 착하지, 하고 울먹이는 것이다

가장 낮은 계급을 만드는 것이다, 이제 일어서려는데 피가 부족해서 어지러워지는 것이다

현기증이 감정처럼 울렁여서 흐느낌이 되는 것이다, 파도는 어떻게 돌아오는가

사람은 사라지고 검은 튜브만 돌아온 모래사장에…… *점점 흘려 쓰는 필기체처럼*

몸을 눕히면, 서서히 등이 축축해지는 것이다

눈을 감지 않으면, 공중에서 굉음을 내는 것이 오늘의 첫 번째 별인 듯이 짐작되는 것이다

눈을 감으면, 이제 눈을 감았다고 다독이는 것이다

그리고 2절과 같이 되돌아오는 것이다

목의 위치

기이하지 않습니까. 머리의 위치 또한.

목을 구부려 인사를 합니다. 목을 한껏 젖혀서 밤하늘을 올려다 보았습니다. 당신에게 인사를 한 후 곧장 밤하늘이나 천장을 향했다면, 그것은 목의 한 가지 동선을 보여줄 뿐, 그리고 또 한 번 내 마음이 내 마음을 구슬려 목의 자취를 뒤쫓았다는 뜻입니다. 부끄러워서 황급히 옷을 주워 입듯이.

당신과 눈을 맞추지 않으려면 목은 어느 방향을 피하여 또 한 번 멈춰야 할까요. 밤하늘은 난해하지 않습니까. 목의 형태 또한.

나는 애매하지 않습니까. 당신에 대하여.

목에서 기침이 터져 나왔습니다. 문득, 세상에서 가장 긴 식도를 갖고 싶다고 쓴 어떤 미식가의 글이 떠올랐습니다. 식도가 길면 긴 만큼 음식이 주는 황홀은 천천히 가라앉을까요, 천천히 떠나는 풍경은 고통을 가늘게 늘이는 걸까요, 마침내 부러질 때까지 기쁨의 하얀 뼈를 조심조심 깎는 중일까요. 문득, 이 모든 것들이 사라져요.

소용없어요, 목의 길이를 조절해봤자. 외투 속으로 목을 없애봤자. 그래도 춥고, 그래도 커다란 덩치를 숨길 수 없지 않습니까.

그래도 목을 움직여서 나는 이루고자 하는 바가 있지 않습니까. 다리를 움직여서 당신을 떠나듯이. 다리를 움직여서 당신을 또 한 번 찾았듯이.

에코의 초상

입술들의 물결, 어떤 입술은 높고 어떤 입술은 낮아서 안개 속의 도시 같고, 어떤 가슴은 크고 어떤 가슴은 작아서 멍하니 바라보는 창밖의 풍경 같고, 끝 모를 장례 행렬, 어떤 눈동자는 진흙처럼 어둡고 어떤 눈동자는 촛불처럼 붉어서 노을에 젖은 회색 구름의 띠 같고, 어떤 손짓은 멀리 떠나보내느라 흔들리고 어떤 손짓은 어서 돌아오라고 흔들려서 검은 새 떼들이 저물녘 허공에 펼치는 어지러운 군무 같고, 어떤 얼굴은 처음 보는 것 같고 어떤 얼굴은 꿈에서 보는 것 같고 어떤 얼굴은 영원히 보게 될 것 같아서 너의 마지막 얼굴 같고, 아, 하고 입을 벌리면 아, 하고 입을 벌리는 것 같아서 살아 있는 얼굴 같고,

침대가 말한다

나는 침대로서의 면모를 잃지 않았다. 작은 삐걱거림도 모두 나의 본성에서 연유하는 것. 그러나 도마 위에 누웠다고 느끼는 건 오직 너의 문제. 파 뿌리처럼 발이 잘렸다고 소리치는 건 나를 떠날 마음이 없기 때문이 아닌가. 진실로 진실로 이 순간만큼은 네가 대파의 아픔에도 공감한다는 것인가.

너는 왜 모든 문제를 내게 끌고 들어오는가. 오늘 너는 식칼처럼 누워 있다. 침대는 너의 연인을 눕히듯이 너의 어린아이를 눕히듯이 식칼도 눕힐 수 있다. 너는 내 위에서 무엇을 저미고 다지고 마침내 팔을 높이 쳐들어 내리치고 있는가. 언제나 너의 침대는 모든 것을 부드럽게 이어주고 싶다. 나는 너의 팔이 펜과 이어지고 노트와 이어지고 긴 이야기와 끝없이 이어지던 밤을 기억한다. 아침에 스르륵 잠이 들었고 가장 밝은 한낮까지 이어지던 꿈을 나는 이어가고 싶다.

그러나 거울 위에 누웠다고 느끼는 건 오직 너의 문제. 너는 침대를 독차지했다고 생각한다. 너는 침대의 기억을 무시한다. 내 위에서 벌어진 사건들을 너는 상상하지 못한다. 너는 한 장의 시

트를 갈면 모든 게 지워지는 줄 안다. 죽어가는 사람이 죽는 순간에 남긴 무의미한 음절을 나는 기억한다. 그가 이루지 못한 것은 결국 하나의 단어인가. 죽음의 입술로부터 가능성을 이어받은 음절과 다음에 올 음절은 빛처럼 갈라져서 먼 곳으로 떠났다. 그것은 무한한 문장이 되고 우주처럼 무한한 편지가 된다. 나는 그의 똥오줌도 기억하고 그의 말년의 사랑도 기억한다. 나는 사랑하는 한 쌍의 몸들을 솜털까지 기억한다. 잠을 청하는 인류는 최종적으로 제 몸을 누일 땅을 파듯이, 오오 죽음을 핥듯이 다른 몸을 탐하고 미워하고 곡해하고 그리고 가장 외로워한다. 잠의 사전에 중단은 없다. 잠은 불꽃과 같아서 너희의 엉덩이는 앗, 뜨거워지는 것이다. 내게 오랫동안 머물렀던 정든 육체가 동굴처럼 깊어지던 순간들을 시시각각 변하는 저녁 하늘을 바라보듯 나는 그릴 수 있다. 작은 몸을 괴롭힌 욕창이 그가 잠든 사이에 더욱 장엄해지듯이 너희는 어디라도 더 빠져들고야 마는 것이다. 왜 너는 외면하는가.

너는 왜 참을 수 없는 것을 보았다는 듯이 돌아눕는가. 혼자서 너는 연극을 하는 것 같다. 누가 너의 대사를 썼는가. 나는 무대인가, 어둠 속 팔짱을 낀 관객인가. 그러나 어느 쪽으로 돌아눕든 그것은 오직 너의 문제. 그것이 오늘의 고독이다.

침대는 인간적인 변덕과 무관하다. 나는 언제라도 어디라도 너와 함께할 것이다. 연약한 너는 하루도 지치지 않는 날이 없다. 네가 진정으로 원하는 바는 잠에게 순순히 끌려가는 것. 그곳이 어디라도 눈을 감고 따라가는 것. 잠의 염료통에서 너의 전부를 물들이는 것. 나는 밤새도록 잠들기 위해 애쓰는 너를 돕고 있다. 도마 위에서라도 거울 위에서라도 뾰족한 시곗바늘 위에서라도 너에게로 잠은 꼭 찾아올 것이다.

주택가

가정집은 무엇일까
어린 시절은 무엇일까
나는 20세기의 어린 시절을 기억하고
당신은 21세기의 어린 시절을 기억한다
오늘날 주택가는 그런 곳
너희 엄마 집과 아빠 집의 규칙이 다르듯
누구나 다르게 살아가는 거야
똑같이 보이고 싶어 하면서

큰 개를 키우는 사람은 큰 개에게 의지하고
작은 개를 키우는 사람은 작은 개에게 의지한다
자기 머리통보다 작은 개를 꼬옥 껴안고 우는 사람이 있겠지, 오늘 밤에도 주택가는 그런 곳
버둥거리는 개가 있어
그것은 좋다는 뜻일까, 괴롭다는 뜻일까
말하는 개라면 사실대로 짖을까
말하는 창문이라면 수다쟁이 할멈일 거야, 그녀가 마음씨 좋은 할머니래도 당신은 창가에서 더 이상의 독백을 잇지 못하리

밤에 주택가를 벗어난다는 것은 무엇일까

밤의 주유소로

환하게 달려오는 차의 속도가 부러워, 당신은 골목에서 걸어 나와 골목이 없는 세계로 뛰어간다

착각처럼 무엇이 바뀔까

완전한 착각처럼 무엇을 굳게 믿을까

밤공기가 차가워, 나는 창문을 닫는다

투명한 유리창을 닫고

불투명한 유리창을 닫고 커튼을 쳐버렸다, 화가 난 듯했다

나는 보이지 않았다

꿈꾸듯이

우리는 단체로 벌을 받고 있다. 내 잘못은 무엇일까? 그런 어려운 질문은 쓸모없다. 빈 바구니 같은 마음으로 바구니 속의 토끼가 되자. 우리를 쭉 열거하는 똑같은 목소리로 큰길의 가로수가 되자.

단체로 벌을 받을 때 우리는 모두 희생자의 표정을 지을 수 있다. 전부 용서하겠어요. 우리는 범인을 알고 싶지도 않아요. 생각만 해도 무섭습니다.

손톱 검사. 가방 검사 같은 것. 피검사 같은 것을 하는 날에는 한없이 부끄러웠습니다. 벌을 주세요. 벌로 머릿속을 다시 청소할까요? 첫 번째 말씀을 듣고 싶어요.

카프카는 말했다. 바보들은 피곤해지지 않기 때문에 잠을 자지 않는다. 바보들이 사는 마을로 국도國道의 아이들이 달려갔다.* 그리고 꿈꾸듯이 벌을 받았다. 아이들이 사라져간 국도에서 카프카는 혼잣말을 하고 있었다. 아아, 잠이 없어지니 현실이 없어지는구나. 우리가 존재한다는 걸 무슨 수로 증명할 수 있단 말인가.

카프카와 함께 우리는 벌로 붉은 벽돌을 쌓을까요?

●"…… 그곳에서는 사람들이 잠을 자지 않는대."
"그건 또 왜?"
"그들은 피곤해지지 않으니까."
"그건 또 왜 그렇지?"
"그들은 바보니까."
"바보들은 피곤해지지도 않는다고?"
"바보들이 어떻게 피곤해질 수 있겠니?"
—「국도의 아이들」의 대화, 어쩌면 카프카의 독백.

연인들

바다가 보인다
바닷가에서
더 좋은 것을 원하지 않는다
마치 어린 시절이 그랬다는 듯이
삐뚤빼뚤삐뚤 동요가 흘러나오던 입술이 꼭 닫히고

가장 고요한 부분이 파인다
눈을 깜박일 때
없어졌다가
같은 바다가 보인다

찬 겨울에 눈썹이 사라지는 이야기는 무서웠지
불면 날아갈 것 같은데
눈썹 같은 건 없어도 되지 않겠니?
안 돼요

우리는 꼭 붙어 앉아서
더 좋은 것을 원하지 않는다

눈을 깜박일 때

없어졌다가
영영 사라질까 봐 눈을 못 뜨는 이야기는 슬펐지
헤어져서
우리는 왜 그런 이야기를 지어냈을까
흔들리지 않는
시멘트 벽에 기대어

이별의 능력

나는 기체의 형상을 하는 것들.

나는 2분간 담배 연기. 3분간 수증기. 당신의 폐로 흘러가는 산소.

기쁜 마음으로 당신을 태울 거야.

당신 머리에서 연기가 피어오르는데, 알고 있었니?

당신이 혐오하는 비계가 부드럽게 타고 있는데

내장이 연통이 되는데

피가 끓고

세상의 모든 새들이 모든 안개를 거느리고 이민을 떠나는데

나는 2시간 이상씩 노래를 부르고

3시간 이상씩 빨래를 하고

2시간 이상씩 낮잠을 자고

3시간 이상씩 명상을 하고, 헛것들을 보지. 매우 아름다워.

2시간 이상씩 당신을 사랑해.

당신 머리에서 폭발한 것들을 사랑해.

새들이 큰 소리로 우는 아이들을 물고 갔어. 하염없이 빨래를 하다가 알게 돼.

내 외투가 기체가 되었어.
호주머니에서 내가 꺼낸 건 구름. 당신의 지팡이.
그렇군. 하염없이 노래를 부르다가
하염없이 낮잠을 자다가

눈을 뜰 때가 있었어.
눈과 귀가 깨끗해지는데
이별의 능력이 최대치에 이르는데
털이 빠지는데, 나는 2분간 담배 연기. 3분간 수증기. 2분간 냄새가 사라지는데
나는 옷을 벗지. 저 멀리 흩어지는 옷에 대해
이웃들에 대해
손을 흔들지.

너의 폭동

쾅쾅쾅 발을 구르니까 발이 커진다. 가슴을 치니까 가슴이 아프다. 발이 크고 가슴이 아픈 사람을 따라갈 것 같애. 한 번만 더 발을 구르면.

네 분노를 따라가는가. 너의 사랑을 따라가는가. 동지, 라고 부를 것 같애. 한 번만 더 내 가슴을 장작처럼 패면 네가 될 것 같애.

두 쪽으로 쪼개져서 하나의 불꽃을 이루는 것은 언제나 사랑의 꿈인가. 우리는 계속 계속 꿈을 꿀 수 있는가.

한 번 부정하고 한 번만 더 부정하면 나는 혼자 생각하지 않을 것 같애. 나는 저 수천 개의 발과 함께 쿵쿵.

소수점 이하의 사람들

세 번째 방문

0.4는 구름 중에서도 착한 개 한 마리처럼 멍멍 짖는 구름, 사람 중에서도 몹시 기억력이 나쁜 사람이다. 0.4는 말하지. "처음 뵙겠습니다." 그 순간, 나는 그를 찾아왔다는 것을 알게 되지. 나는 고백하고 그는 지우네. 나는 곧 잠이 들 것처럼 중요한 것이 없어지지.

우리들의 약속

나의 쌍둥이 동생 0.5가 내 이름을 걸고 약속을 하는 바람에 나는 배신자가 되었다. 나는 억울한 마음으로 0.5의 멱살을 잡고 뒤엉켰는데, 누가 누군지 알 수 없는 기분이 들어서 갑자기 힘이 빠져버렸다. 아, 날아오는 주먹과 주먹 뒤에 남아 있는 똑같은 얼굴! 얻어맞으면서, 나는 너를 세 번 부정하고 여섯 번 긍정한 끝에 형제애를 느꼈다. 그러나 우리는 끝까지 반대할 것이다.

0.0을 향하여

그들은 각자 걸어갔다. 시간은 언제나 점점 어두워지는 시간이거나 점점 밝아지는 시간이었다.

요양소의 창문

요양소의 창문은 0.8이다. 환자들은 요양소의 창문을 통하여 요양의 의미를 터득한다. 낮에 창문은 가까운 꽃나무와 먼 바다를 보여준다. B.B.양은 심장을 요양하기 위해 이곳을 찾게 된 묘령의 아가씨다. 빠르게, 터질 듯이 빠르게 뛰는 심장이 먼저 현관에 당도해 있었다. 많은 폭탄이 요양소의 홑이불에 묻혀 있고 복도를 어슬렁거리고 정원에서 문득 꽃을 꺾는다. 가까운 꽃나무가 멀어지고 먼 바다가 가까워지면 밤의 창문이다. 가까운 바다와 먼 바다의 파도 소리에 오랫동안 귀가 젖으면 물 위를 걷는 사람들이 보인다. B.B.양은 저녁마다 해변을 산책했다. 그녀의 산책길에도 가까운 바다는 가까이 먼 바다는 멀리 놓여 있었다.

해변의 얼굴

녹아내리는, 끝없이 다가오는, 웅웅웅웅 끓어오르는,

0.01

다음 날 아침, 0.01은 길에 쓰러져 있었다. 0.01은 비스듬한 사람이었기 때문에 그 모습은 내게 안정감을 주었다. 나는 쭈그리고 앉아 흙장난을 하는 아이처럼 0.01을 모으고, 곱게 뿌리고, 깊게 팠다. 굴다리 같은 형상이 만들어졌다. 나는 손을 넣었다, 뺐다, 넣었다,

가로수 관리인들

훌륭한 사람들

첫 만남에서 대부분의 훌륭한 사람들은 수줍음을 보인다. "안녕하세요." 그들은 날씨에 대해 말한다. 날씨가 사적인 내용을 담고 있지 않다고 말할 수 없다. 날씨에 예민해지면 매우 많은 것을 알 수 있다. 그래서 나는 가로수 관리인들 중의 한 명을 만났고 그가 훌륭한 사람이라는 것을 알았다. 그는 8번가를 담당하고 있다. 8번가의 나무들은 얼마나 우아하게 나뭇잎 나뭇잎을 떨어뜨리고, 얼마나 구슬프게 나뭇잎 나뭇잎을 피웠을까. 한 장의 나뭇잎 때문에 투신자살을 결심한 사람을 나는 이해할 수 있다. 나는 질투심을 깊이 감췄지만 그는 나의 질투를 칭찬했다. 우리는 친구가 되었다. 우리의 우정이 초월한 것은 나이뿐만이 아니었다. 믿음은 믿음을 초월하여 많은 것을 가능하게 하였다.

헤이, 부탁해

오늘 밤은 내 인생을 통틀어 바라봤던 하늘 중에서 가장 투명한 밤이야. 몹시 사적인 날씨야. 인생을 우물 같다고 하든, 바다 같다고 하든 그게 다 무슨 소용이겠어. 사적인 날씨에 휩쓸리면 우리는 그때마다 유일한 날을 꿈꾸지.

부탁해. 너의 나무로 하여금 오늘 밤 나의 침대가 되게 해줘. 오늘 밤은 쉽게 깊어지지 않을 거야. 왜 우리는 역겨워지고, 왜 우리는 기를 쓰고 집으로 돌아가려고 하는 걸까. 8번가의 술집에서 마지막으로 나오는 무리들을 우리는 잘 알잖아. 욕설의 상스러움에 마력이 있었다면 우리는 모두 벌써 죽었을 거야. 그러나 오늘 밤의 침대는 마술적이지. 나는 조용히 불씨처럼 일어나 8번가의 나무 위를 발목이 달빛에 젖도록 걸어 다닐 거야. 잠을 이루지 못하는 사람들을 만나겠지. 그들을 사로잡은 표정을 묘사하는 데 단 한 문장도 쓰지 않겠어. 그게 다 무슨 소용이겠어. 오늘 밤은 유일하게 투명한 밤이야.

헤이, 부탁해. 오늘 밤은 초월적인 밤이야. 너의 나무는 오늘 밤 우리들의 침대가 되는 거야. 8번가의 거지들을 모두 불러올려도 조옿지!

13번가 가로수 관리인

13번가 나무들은 13번가 가로수 관리인의 손길이 닿는 나무들이다. 13번가 가로수 관리인의 손이 세상에서 가장 아름답다는 것은 잘 알려져 있다. 13번가 가로수 관리인은 열병이 나서 보름

째 꼼짝없이 누워 있다. 검은 개 한 마리가 13번가 가로수 관리인의 뜨거운 이마를 길고 긴 혀로 핥으며 보름째 침상을 지키고 있다. 보름 동안 13번가 나무들은 나뭇잎 한 장 떨어뜨리지 않았는데, 심하게 불었던 바람도 흔들지 못한 13번가 나무들의 의지는 어쩌면 검은 개의 것일지도 몰랐다. 강력한 영혼의 힘은 전염병 같은 흐름을 가졌다. 햇빛 속에서 아이들은 홍옥처럼 반짝이고 개구리처럼 활짝 피어나는 순간 담을 넘는다. 13번가 사람들은 처음으로 13번가 나무들에게 공포를 느꼈다. 나무는 보름 만에 악몽의 테마가 될 수 있었다. "안녕히 주무세요." 사람들은 점점 어두워지는 얼굴로 그렇게 인사를 나누고 헤어졌다.

이별의 능력

그들은 노인이다. 저 지평선을 바라보면서 우리가 포함되어 있는 세계를 느낀다. 13번가 가로수 관리인은 죽었고, 검은 개는 남았다. 14번가 가로수 관리인은 죽음을 옆에 앉혀두고 어디서 툭, 끊겨도 좋을 얘기를 나누고 있다. 의자가 삐걱거리는 소리가 들렸다. 지평선이 재빨리 이동하고 있었다. 동시에, 사람들이 걸어 다니고 있다. 8번가 상점들의 문이 열리고 부지런한 점원은 사물들의 자리를 바꿔보기도 하고 먼지를 털어내기도 한다. 나는 당신을 오늘 처음 만나는 것이다. "좋은 아침이죠?" 우리는 날씨를 살핀다. 나무 위에서 아침 식사를 하던 한 젊은이가 웃음을 터뜨렸는데, 밥알들이 웃음소리를 따라 흩어지고 새들이 지저귀며 뒤쫓아 날아갔다.

다정함의 세계

이곳에서 발이 녹는다
무릎이 없어지고, 나는 이곳에서 영원히 일어나고 싶지 않다

괜찮아요, 작은 목소리는 더 작은 목소리가 되어
우리는 함께 희미해진다

고마워요, 그 둥근 입술과 함께
작별 인사를 위해 무늬를 만들었던 몇 가지의 손짓과
안녕, 하고 말하는 순간부터 투명해지는 한쪽 귀와

수평선처럼 누워 있는 세계에서
검은 돌고래가 솟구쳐 오를 때

무릎이 반짝일 때
우리는 양팔을 벌리고 한없이 다가간다

착한 개

착한 개 한 마리처럼
나는 네 개의 발을 가진다

흰 돌 다음에 언제나 검은 돌을 놓는 사람
검은 돌 다음에 흰 돌을 놓는 사람
그들의 고독한 손가락

나는 네 개의 발을 모두 들고 싶다, 헬리콥터처럼
공중에

그들이 눈빛 없이 서로에게 목례하고
서서히 일어선다

마침내 한 사람과 그리고 한 사람

숲속의 키스

두 개의 목이
두 개의 기둥처럼 집과 공간을 만들 때
창문이 열리고
불꽃처럼 손이 화라락 날아오를 때
두 사람은 나무처럼 서 있고
나무는 사람들처럼 걷고, 빨리 걸을 때
두 개의 목이 기울어질 때
키스는 가볍고
가볍게 나뭇잎을 떠나는 물방울, 더 큰 물방울들이
숲의 냄새를 터뜨릴 때
두 개의 목이 서로의 얼굴을 바꿔 얹을 때
내 얼굴이 너의 목에서 돋아 나왔을 때

삼십세

네겐 햇빛이 필요하단다. 여자는 나를 유모차에 태우고 공원을 산책했다. 햇빛은 어디 있지요? 난 뭔가 만지고 놀 게 필요해요. 나는 여자를 올려다보았다. 여자도 어딘가를 올려다보았다.

나는 엄마, 라고 말했다.

얘야, 너는 잠시 옛날 생각을 하고 있을 뿐이란다. 그리고 세상은 많이 변했단다. 여자가 유모차를 밀던 손을 놓았다.

구른 건 바퀴뿐이었을까? ……내 차가 들이받은 나무는 허리를 꺾었다. 나뭇잎 나뭇잎이 자지러지게 웃는 소리를 나는 들은 것 같다. 아아아, 내가 처박힌 여기는 어딜까?

당신, 왜 그래? 헝클어진 당신이 묻는다. 나는 핸들에 머리를 박고 있다. 내가 어디로 가고 있었나요? 멈출 수가 없었어요. 나는 천천히 당신을 올려다본다.

당신도 어딘가를 올려다본다. 답을 구하는 태도는 누구나 유아적이군요. 그런데, 구른 건 정말 바퀴뿐이었을까요?

나는 엄마, 생각을 했다. 나는 방향을 틀기 위해 잠시 후진을 해야 한다. 천천히 핸들에 손을 얹고 뒤를 돌아다보았다.

오늘 밤에도

오늘 밤에도 소년들 소녀들 전화를 한다. 오늘 밤에도 하늘은 푸르스름하고 해는 떠오르지 않는다. 소년들 소녀들 오늘 밤에도 총총하다.

낮에 소년과 소녀는 같이 아이스크림을 먹지 않고, 아이스크림은 햇빛에 녹지 않고, 오늘 밤은 아이스크림 같아서 달콤하다. 딸기 시럽같이 성수대교를 흘러가는 자동차들은 어디서

어디서 스르르 녹겠지. 12층 아파트 베란다에서 소년은 전화를 한다. 난 달리지 않을 거야. 달려가서 누군가를 만나고 덜컥, 아빠가 되고 싶지 않아.

난 오토바이족을 동경하지도 않고 여자애를 엉덩이에 붙이고 싶지도 않아. 나는 무섭게 세상을 쏘아보지 않지. 그런 눈빛은 이제 아주 지겨워. 몇 명의 소년 소녀 오늘 밤에도 머리를 너풀거리며 추락하고,

그 몇 초에 대해 오늘 밤에도 명상하는 소년들 소녀들 전화를 한다. 오늘 밤도 쉽게 깊어진다. 우리는 어디서도 만나지 않을 거야. 이렇게 말하면 항상 오늘 밤이 아주 달콤해지지. 딸기 시럽같이

성수대교를 흘러가는 자동차들은 어디서, 어디서, 스르르 녹겠지.

하이네 보석 가게에서

언니, 나는 비행기를 탈 거야. 나는 아무것도 버리지 않았는데, 갑자기 너무 가벼워졌어. 마리오는 아름다운 남자야.

안녕. 나는 보따리 장사를 할 거야. 보석 가게에서 나는 아름다움을 감정하지. 가짜가 얼마나 아름다울 수 있는지 아는 건 멋진 일이야. 언니, 곧 부자가 될게. 라인 강가에서.

한국 남자를 사랑해보지 못했어. 오늘 밤에도 언니는 시를 쓰고 있니? 언젠가는 언니 시를 읽고 감동하고 싶어. 안녕.

11월에 나는 마리오를 만나지. 언니는 한국어로 사랑을 고백할 수 있어? 언니, 우리가 어렸을 때 문방구에서 마론 인형을 훔치는 언니를 봤어. 눈물이 주르르 모래처럼 흘렀어.

언니, 우리가 아주 어렸을 때 모래는 가장 아름다운 흙의 형상이었지. 나는 매일 밤 기도를 해. 언니가 우리 집을 떠나던 날에 나는 왜 쓸쓸해지지 않았을까? 언니를 위해 기도할게. 안녕.

미완성 교향악

소풍 가서 보여줄게
그냥 건들거려도 좋아
네가 좋아

상쾌하지
미친 듯이 창문들이 열려 있는 건물이야
계단이 공중에서 끊어지지
건물이 웃지
네가 좋아
포르르 새똥이 자주 떨어지지
지주 남자애들이 싸우러 오지
불을 피운 자국이 있지
2층이 없지
자의식이 없지
홀에 우리는 보자기를 깔고

음식 냄새를 풍길 거야
소풍 가서 보여줄게

건물이 웃었어

뒷문으로 나가볼래?
나랑 함께 없어져볼래?
음악처럼

수상시인이 쓴 연보

인간의 시간

개인적으로 2015년에 일어났던 일들과 일어나지 않았던 일들은 의도치 않게 나를 약간 바꾸어놓았다. 내게 2015년은 2006년 3월 1일자로 발령받아 시작한 직장 생활로부터 1년 사계절을 놓여날 수 있었던 안식년이었다. 원래 계획은 매일매일 글을 쓰는 삶을 살아보는 것이었다. 규칙적인 일과처럼 문장을 쓰고 지우는 일에다 오후 몇 시간을 오롯이 사용할 수 있겠다 생각했었다. 그럴 요량으로 서촌에 작은 방을 하나 빌렸으나, 나의 계획은 결국 일어나지 않은 일이 되었다.

일어나지 않은 일 때문에 통인동 깊은 골목에 콕 박힌 작은 방을 하나 굴처럼 파놓게 된 셈이다. 내게 이 방은 우물 속처럼 숨어들기에 좋은 방이 되었다. 그리하여 우물 안에서 보자기같이 작은 하늘을 보는 초록 개구리의 심정으로 이 글도 쓰고 있는 것이다.

2015년에 나는 정확한 병명도 얻지 못한 채 물리적인 통증에 시달렸다. 3월에 목, 어깨에서 시작됐던 통증이 전신으로 퍼져나갔다. 5월 말경에는 돌에서 몸을 빼듯이 비명을 지르면서 아침을 맞이하게 되었다. 나는 아파서 울었다. 통증 위에 덩그렇게 떠 있는 머리가 하루 종일 하는 일이라곤 온몸 구석구석에 통증을 전달하는 게 전부였다. 병명은 병원을 바꾸면 달라졌고, 그나마도 의사들은 모두 하나같이 애매하게 말했다. 각종 소염제와 진통제가 온몸을 잠식했다. 목소리가 잘 나오지 않았고 턱이 덜덜거리도록 추웠다. 5, 6월에 겨울옷을 입었고, 7월에 봄옷을 입었고, 8월쯤 되자 여름 풍경에 어울리는 여름옷을 입을 수 있었다. 그러니까 2015년에 나는 점점 강도를 높이며 아팠다가 점점 그 강도를 줄이며 아팠다. 나는 가을에 가을옷을 입었고, 12월에 모든 약을 끊었다.

왜 아팠는지 모르는 것처럼 왜 아프지 않은지도 나는 잘 모르겠다. 통증은 가장 격렬한 언어지만, 그것은 인식의 대상이라기보다 그 자체로 존재하는 것이고 불쑥 나타나는 것이었다.

통증을 줄이기 위해 먹었던 약들은 나의 신경을 둔하게 만들었다. 생각이 느려지고 말이 어눌해지고 음식 맛도 잘 느껴지지 않았다. 도수가 맞지 않는 안경처럼 생각과 말의 속도가 잘 맞지 않았다. 시야에 안개가 낀 듯이 모든 게 흐릿했고 계속 피곤했다. 시를 쓰는 데 필요한 감각이 전체적으로 둔해진 상태에서 나는 잠을 깨는 아침의 심정으로 시를 쓰려고 뒤척여보았지만 어렵고 힘겨웠다. 그렇게 어렵게 어렵게 시를 찾아가는 일은 어쩐지 신경의 재활 훈련을 하는 것만 같았다. 그러면서 나는 내게 비로소 언어가 맺히는 그 순간을 아주 천천히 음식을 씹듯이 느낄 수 있었다. 단어 하나가 떠오르고 문장 하나가 만들어지는 그 순간이 슬로비디오처럼 천천히 신경을 일깨우며 느껴졌다. 그것은 1초가 아니라 100초였다. 그것은 한 번도 생각해보지 못했던 이상한 경험이었다.

나는 약간 바뀌었다.

사람들이 언제부터 시를 쓰기 시작했냐고 물으면, 나는 이상하게도 시를 쓰지도 않았던 고등학교 시절(1986~1988)이 먼저 생각난다. 당시 나는 얼굴이 잘 빨개지는 아이였고, 사람들의 시선을 지나치게 힘들어하는 아이였다. 음악 실기 시험 중에 나는 긴장을 견디지 못하고 결국 온몸에 쥐가 나면서 나무토막처럼 빳빳해져서 쓰러지곤 했다. 나는 내가 부끄러워서 정말이지 죽고 싶었다. 선일여자 고등학교 복도에서 나는 뿌연 운동장을 내다보면서 투명인간이 되어 여기에서 사라질 수만 있다면 얼마나 좋을까, 그런 공상으로 뭔가를 견디고 버티곤 했다. 4층은 죽지 않고 병신이 되기에 좋은 높이라는 그런 식의 생각도 곧잘 했다. 기어들어가는 목소리였지만, 그러나 이게 아닌데, 이게 아닌데, 하고 혼잣말을 하는 어떤 아이가 내 안에 갇혀 있었다. 나는 그 아이의 존재를 희미하게 그러나 언제나 느끼고 있었다. 깊숙이 숨어 있었던 그 아이가 나를 지켜주었을 것이다.

우연히 읽게 된 심리학 개론서 한 권이 계기가 되어 나는 '기억-탐정'처럼 열정적으로 나를 파헤치기 시작했다. 아마도 고등학교 2학년 여름방학 어름이었을 것이다. 장르에 대한 의식이라곤 전혀 없이 밤이면 무슨 글인가를 끼적거렸던 것도 그 무렵이었다. 나는 마침내 다섯 살 때의 한 장면을 기억해냈다. 나는 거짓말을 했고, 그 거짓말이 불러올지도 모르는 후폭풍이 무서워서 끙끙 앓았다. 그러나 그것이 과거에서 날아온 파편인지 꾸며낸 이야기인지는 불분명한데, 아마도 그 두 가지가 다 섞여 있었을 것이다. 어쨌든 다섯 살 무렵부터 중학교 2학년 어느 날까지, 잠든 나를 끈질기게 방문하곤 했던 꿈의 이미지들을, 그 꿈을 꾸지 않은 지 어느덧 3여 년이 지난 어느 날 나는 상기해내었다. 그 꿈에 노예처럼 사로잡히곤 했던 시절, 꿈속에서 꿈 밖으로 나오는 길을 잃어버려서 내게는 몽유병 증상이 생겼었다. 한밤중에 소동이 벌어지곤 했었다.

그런 기억들을 떠올렸다. 그렇게 나는 나를 들여다보면서 약간 바뀌었다.

1982년 초등학교 6학년 봄에 부산에서 서울로 전학을 왔다. 온통 서울 말씨의 물결 속에서 나는 언어의 섬 같았다. 졸업식 때 한 남자애가 벙어리인 줄 알았다고 웃으면서 말했던 게 기억난다. 서울의 겨울은 정말이지 놀랍게 추웠다. 기상청은 동의하지 않겠지만 내게는 그해 겨울이 가장 추웠다. 그해 겨울 나는 내가 가난한 집에 태어났다는 것을 자각하게 되었다.

나는 1970년 2월 26일 어두운 새벽에 태어났다. 서울 돈암동 언덕 어디쯤, 어느 가난한 신혼부부의 단칸방 네 귀퉁이는 반듯한 직각을 이루지 못했다. 한 귀퉁이가 둔각이었다면 다른 한 귀퉁이는 예각일 수밖에 없었는데, 엄마는 그 사실을 가난의 증표인 양 말하곤 했다. 무슨 이유에선지 엄마는 내게 그 방을 보여주고 싶어 했다. 그래서 부산에서 십 년 이상 살다가 다시 서울로 이사를 하게 되자 마치 순례길처럼 그 방을 보여주기 위해 나를 데리고 돈암동 언덕길을 올랐다. 나는 엄마를 잘 이해하지 못했고, 그래서 오랫동안 엄마를 슬프고 외롭게 했다.

1983년 2월에 서울 은평구 신사국민학교에서 6학년을 보내고 졸업했다. 1976년 3월에 부산 용호국민학교에 입학했으나 적응을 못해 한 달 만에 자퇴하고, 1977년 3월에 초등학교 입학을 다시 했었다.

1983년~88년에 예일여중, 선일여고를 다녔다. 1989년에 재수

학원을 다녔다. 1990년~2002년에 고려대학교 국어교육과와 동대학원 국문과를 다녔다.

1995년 2월에 결혼했고, 1997년 9월 2일에 딸아이를 낳았다.

1999년 6월에《현대문학》으로 등단했다.

시집『사춘기』(2003),『이별의 능력』(2007),『타인의 의미』(2010),『에코의 초상』(2014)을 출간했다. 다음은 네 권의 시집을 내면서 내가 썼던 '시인의 말'이다.

> "얘들아, 뭐 하니? / 나는 두 눈을 바깥에 줘버렸단다. / 얘들아, 얘들아, 어딨니? 같이 놀자."(『사춘기』)

> "처음 보는 사람처럼 / 지평선이 뜯어진 세계처럼 / 우리는 안녕."(『이별의 능력』)

> "나는 걷다가 걷다가 / 지구에는 골목길이 참 많다는 생각을 했습니다. // 어떤 삶, / 열렬하고 고독하고 게으른 삶에 대해 생각했습니다."(『타인의 의미』)

> "우리를 밟으면 사랑에 빠지리……"(『에코의 초상』)

수상시인 인터뷰

'갓행숙'의 단단한 말의 성城

일시: 2016년 10월 13일

오은 · 시인

오은 행숙 누나, 미당문학상 수상 축하해. 누나의 수상 소식에 나를 포함한 시 쓰는 후배들은 그야말로 환호성을 내질렀어. 누나가 많은 후배 시인들과 습작생들에게 "갓행숙"이라는 별칭으로 불리고 있다는 거 혹시 알았어? (웃음) 아무래도 SNS를 잘 이용하지 않으니 누나는 몰랐을 것 같네. 곰곰 더듬어보니, 그동안 미당문학상 후보에 가장 많이 오른 게 누나라는 생각이 들었어. 그래서 이번 수상 소식을 들었을 때 나는 나도 모르게 "마침내"라고 소리 내어 말해버렸어. (웃음) 하지만 기대하고 실망한 경험에 대해 당사자만큼 잘 이야기할 수 있는 사람은 없을 테지. 수상 소식을 듣고 정말 다양한 감정들이 고개를 들었을 것 같더라. 어땠어?

김행숙 오은은 역시 누구보다도 높은 음정과 천진한 콧소리로 축하해주는 사람이야. 고마워. 나는 지금 '고마워'라는 말 안에 마음을 많이 담아서 발음하고 있는데, 보이지 않고 들리지 않는 마음이 잘 전달될까? 그래도 마음을 싸는 보자기는 결국 침묵이라는 생각을 해. 우리는 그 침묵을 헤아려보고 풀어보면서 선물을 주고받지. 침묵의 울림이 없다면 말은 더 외롭고 가난할 거야.

정말이지 이번 수상은 예상 밖이었어. 마침내, 드디어, 라고 말해주는 친구들에게 부끄러웠지. 몸이 돌 속에 갇혀버렸는데…… 돌 밖으로 나가려고 나가려고 애쓰는 중에 간신히 한 편씩 한 편씩 돌비늘처럼 떨어져 나온 시들이었어. 일 년 동안 쓴 시를 모아놓고 보니, 그 일 년은 등단하고 지금껏 가장 적은 편 수의 시를 썼던 기간이었더라. 손을 다친 화가가 손의 감각을 다시 찾아가고 만들어가듯 그렇게 쓴 시들이어서 거칠고 서툴게만 느껴졌어. 그래도 그 시들이 나를 돌 속에서 끌어내준 것 같아. 내가 시를 일으켜 세운 게 아니라 시가 나를 일으켜 주었으니, 게다가 이렇게 상으로 덥석 손을 내밀어 허공에서 허둥거리는 손을 붙잡아주니, 고맙고, 고맙지 않을 수 없지. 시가 준 힘을 시에 써야지, 그런 생각을 하게 돼.

오은 나에게 자기 대신 누나에게 질문을 해달라는 후배 시인들도 많이 있었어. 그 질문들은 인터뷰 말미에 짤막하게 모아서 하도록 할게. 미리 겁먹지 마. 소소한 질문들이니. (웃음) 서른이 되던 해에 데뷔했잖아. 누나의 시를 보면 20대의 시기에 시를 쓰지 않았다는 것을 믿을 수가 없어. 그 말들을, 그 파닥파닥 튀어 오르는 말들을 그냥 가슴에 품고 있는 게 가능할까 싶을 정도로 말이야. 처음 시를 쓰게 된 순간, 시를 계속 써야겠다고 마음먹은 순간에 대해서 이야기해줘.

김행숙 의식은, 이름은 늘 뒤처져서 오는 것 같아. 이것이 '시'라는 의식도 그렇고, 이것을 '시'라는 이름으로 부르는 것도 그렇고, 모두 한참 뒤에서 찾아오는 것이었어. 첫 시집에다 '한때 내가 되고 싶었던 건 투명인간이었다'고 썼는데, 투명인간처럼 사라지지 않고 불투명한 몸으로 남아서 견디는 방법 중에 글을 쓰는 게 있었어. 그때 나는 시를 쓴다고 생각하지 않았고, 시를 계속 써야겠다고 마음먹지도 않았지만, 그래도 뭔가를 꾸준히 끼적거렸던 것 같아. 뭔가 견뎌야 할 때, 뭔가를 결정적으로 지나가야 할 때, 그런 시절에 나는 어쩔 수 없다는 듯이 글을 쓰고 있었어. 그러고 보면 나의 20대는 글을 썼던 시기와 글을 쓰지 않았던 시기로 이루어져 있는 것 같아. 굳이 따지면 글을 쓰지 않았던 시기가 더 길었을 거야.

시를 써야겠다, 시인이 돼야지, 그런 욕망을 자각한 상태에서 습작을 시작한 것은 딸아이를 낳고 그해 가을에서 겨울로 넘어가던 절기였을 거야. 97년 가을에 나는 휴학 중이었고 그리고 엄마가 되었고 해를 넘길 때까지 친정에 머물렀고 남편은 멀리 싱가포르에서 일하고 있었어. 친정집에서 그리 멀리 떨어져 있지 않았던 신혼집을 찾아가면 그곳은 '혼자만의 방'이었어. 거의 매일 서너 시간을 그곳에서 '세상에 없는 사람'처럼, '사라진 사람'처럼, '투명인간'처럼 보낼 수 있었어. 엄마가 아이를 봐주었기 때문에 가능한 시간이었겠지. '세상에 아무것도 할 일이 없는 사람' 같은 기분이 들었고, 그런 기분, 그런 시간이 이상하게 '낯선 천국' 같았어. 아무것도 할 일이 없어서 컴퓨터를 열고 글을 썼어. 매일 세 시간을 온전히 그렇게 보내다가, 문득 시를 써야겠다는 생각을 하게 됐어. 시를 계속 쓸 거라는 걸 그때서야 예감했지. 시 쓰는 사람이 정말 되고 싶어졌어.

오은 첫 시집 『사춘기』가 나오고, 아니 나오기 이전부터 평단의 주목을 받았잖아. 감각의 아이콘, 미래파, 새로운 감수성으로 시를 쓰는 기수旗手 등 갖가지 수식어 뒤에는 늘 누나가 있었던 것 같아. 그런 주목이 마냥 좋고 편하지만은 않았을 것 같은데, 어때? 시를 쓰면서 응원을 받는 기분이면서도 부담이 되기도 했을 것 같아.

김행숙 감사하지만 그것이 무겁진 않았어. 엄마라는 것도 무겁고 선생이라는 것도 무겁지만 시인으로는 안 무거워지려고 해. 우스갯소리로, '이순耳順'이라는 것이 어떤 인격적 경지에 다다르는 게 아니라 귀가 어두워져서 자연히 그렇게 되는 거라고들 하잖아. 시를 쓸 때는 다행히 그렇게 귀가 어두워지는 것 같아. 대단히 중요한 것처럼 마음을 졸이며 재고 따지던 것들이 없어져서 진짜 중요한 것이 마음을 열고 나타나는 자리가 시 같아. 시의 자리에 들어오면 나는 나 같지 않게 자유로워지니까, 그게 좋아.

오은 누나도 잘 알다시피, 나는 누나의 시를 참 좋아해. 기억나? 내가 처음 만났을 때 "팬이에요."라고 수줍게 고백했던 거? (웃음) 나는 등단 이후, 몇 년이 지나고서야 시를 쓰기 시작했는데 그때 누나의 시들을 읽으면서 많은 자극을 받았어. '자기 목소리를 가져야겠구나, 그게 내게 무엇보다 필요하겠구나' 하는 생각이 들기도 했지. 누나에게도 그런 시인이 있었을까? 시를 쓰기 전에, 시를 쓰면서 등대가 되어준, 혹은 정신이 확 들도록 천둥이나 번개가 되어준.

김행숙 이 기회에 나도 은이한테 '팬'임을 밝혀야겠다(웃음). 시를 읽을 때 은이에게는 '천둥'이나 '번개'가 치는구나. 나는 매혹적인 텍스트를 만나면 주위의 공기가 희박해지는 듯이 숨이 모자라는 느낌이 찾아와. 20여 년 전, 청년 미당의 시집 『화사집』도 내게 그런 경험을 선사해줬지. 한국 현대시의 빛과 그늘에서 나는 자주 길을 잃고 찾고 또 잃어버리곤 했지.

오은 한동안 아팠다는 얘기를 들었어. 예전에 어떤 자리에서 누나가 내게 했던 말이 떠오르네. "의사도 모른대." 누나를 만난 그 주 내내 저 말이 머릿속을 떠나지 않더라. 의사도 모르는 병, 이름도 모르는 병, 그런 병 때문에 아프면 몇 배로 더 아플 것 같다는 생각이 들었어. 건강은 좀 어때? 그 병을 앓는 동안, 시를 포함해서 쓰는 글들이 좀 달라졌을까?

김행숙 '회복하는 과정'에서 변하게 된 것들이 있지. 말하자면 '먹고 자는' 일상의 습관 같은 것들에도 변경된 것이 생겼어. 난 이제 괜찮아. 은이는 어땠을까? 보들레르는 회복기 환자에게서 예술가의 감각을 찾았다지만, 내게 회복기란 시적 감각이 특별히 새로워지는 부활의 경험이라기보다는 잃어버린 감각을 더듬어서 찾아가는 시간이었던 것 같아. 단어 하나를 쓰고서, 문장 하나를 쓰고서, 작년에 숲에서 흘린 손수건 같은 걸 찾은 기분이랄까. '아, 거기에 있었구나. 나는 못 찾는 줄 알았어.' 우습게 들리겠지만, 이상한 감동이 밀려오기도 했어. 단지 글이 써졌다는 것에 다행이다, 다행이다, 가슴을 쓸었지. '회복'이란 문자적인 뜻으로만 본다면 같은 자리로 돌아오는 것이겠지만, 어느 누구도 똑같은 자리로 돌아올 수는 없을 거야. 음식과 잠자는 시간이 변경된 것처럼 시에도 무슨 일인가 생겼겠지. 그것이 무슨 일인지, 좋은 일인지, 나쁜 일인지, 아직 나는 잘 모르지만.

오은 누나가 아프다는 얘기를 듣고 나서부터 누나의 시들이 다르게 읽히기 시작했어. 누나 시를 이루는 주요 요소 중의 하나가 바로 신체잖아. 몸이라기보다는 손발과 같은 몸의 부위들. 그냥 부위라기보다는 눈의 쓰임, 손의 의미, 발의 역할, 목의 입장, 가슴의 가능성, 입술의 순간처럼 정확하고 특정한 지점. 부위와 부위가 만날 때 관절이 맺히듯, 이 각각의 부위들이 만들어내는 이야기가 있고. 누나에게 몸이란, 몸을 이루는 각각의 부위들이란 어떤 의미일까.

김행숙 거울을 통해 들여다보고 점검하고 관리할 수 있는 몸은 몸의 일부에 불과할 거야. 잠든 자신의 몸을 볼 수 있는 사람은 아무도 없지. 잠든 너의 얼굴을 볼 수는 있지만 잠든 나의 얼굴을 볼 수는 없어. '몸'은 거의 '나'와 같게 느껴지는데, 또한 내게서 가장 낯선 것이 몸이기도 해. 몸은 내가 없는 곳에서 느끼고 생각하고 표현해. 너의 몸은 네가 생각하지 못하는 순간에 생각하고 끊임없이 의미를 생산하고 전달해. 몸이 하는 말에는 미처 의식화되지 않은, 주체에 장악되지 않은 그 무엇이 보존되어 있어. 목의 기울기와 손의 떨림과 입의 벌어짐 같은 것이야말로 존재의 집이 아닐까. '몸'은 '나'보다 진실해. 몸이 하는 말을 잘 듣고 싶어.

오은 수상작 「유리의 존재」에 대한 이야기를 좀 해볼게. 나는 이 시가 '불가능한 관계'를 뛰어넘어 '관계의 불가능성'에 대해 말하고 있다고 느꼈어. "그래서 넘어지면 깨졌던 것"이고 "너를 안으면 피가 났던 것"이고, "유리에 남은 손자국은 유리의 것이 아니"게 되고. 아무리 가까운 사이라 할지라도 "보이지 않는 벽"이 존재하는 것처럼, "통과할 수 없는 것"이 있다는 것을 번번이 깨닫는 것처럼, 내가 '너'라는 대상을 완벽히 이해하는 것은 애당초 불가능한 것처럼 말이지. 이 시는 어떤 순간에 발아했을까?

김행숙 은이 얘기 속에 다 들어 있는 것 같아. 유리창에 손바닥을 대었다가 떼면서 봤지. 유리창에 도장을 찍은 것 같은 손바닥을. 곧 희미해질 것, 지워질 것인데, 이상하게 그 안개 같은 손바닥이 간절하고 슬프게 느껴졌어. 그 순간에 시가 와 있었던 것 같아. 오랫동안 붙잡혀 있는 이미지 중에 이런 것이 있어. 아마도 어린 시절 읽었던 동화책에서 생긴 게 아닐까 싶어. 누가 유리창 안을 들여다보는데, 유리창에 눌려 있고 뭉개져 있는 그 얼굴. 유리창 안쪽 따뜻한 불빛 속에 있고 싶지만, 그곳에 못 가는 얼굴. 유리창에는 그런 얼굴들이 매달려 있지만, 유리창은 허락하지 않아. 뭉개진 입술, 휘어져 있는 코, 일그러진 뺨, 추워서 파래진 얼굴. 만약 우리가 유리를 껴입고 있는 존재일지라도, 그래도 피 흘리고 깨지는 걸 기꺼이 감수하면서 유리를 깨뜨리고 싶었던 때가, 그렇게 위태롭고 가슴 두근거리는 순간이 우리에게 있었다는 걸 기억했으면 좋겠어. 그렇다면 우리는 적어도 불가능성의 가능성을 꿈꾸는 존재라고 할 수 있지 않을까.

오은 수상작인 「유리의 존재」도 그렇지만, 누나는 유리에 매혹되어 있다는 생각이 들어. 「유리창에의 매혹」, 「주택가」 등에서도 유리와 유리창은 누나의 시선을 사로잡고 감각을 일깨우는 존재잖아. 빛이 들이치는 유리, 투명한 유리, 가만있다가 어느 순간 깨져버릴 수도 있는 유리, 닫고 닫히는 유리…… 누나 시를 읽고 유리에 대한 다양한 입장들을 헤아리며 유리는 더 이상 배경이 아님을, 나를 비추는 거울로 존재하는 것이 아님을 상기했지. 누나에게 유리란 무엇일까, 유리가 가진 무엇이 누나의 마음을 사로잡았을까.

김행숙 이 또한 은이의 말 속에 다 들어 있네. 덧붙인다면, 이상하게 내게 유리는 아득한 시간적인 상상과 이야기들을 불러와. 그러니까 유리는 공간적인 무엇이면서 인간의 시간과 시간 속의 인간들을 거느리고 있는 거지. 말하자면 유리를 처음 본 백 년 전 사람들을 생각하게 되는 거야. 백 년 전 사람들이 유리창을 신기해하고 당혹해하고 불길해하고 조심스러워하고 아름답게 느끼던 그 감각이 되살아나는 기분. 백 년 동안의 사람들이 모두 한꺼번에 유리창을 건너다보고 있는 것 같은 기분. 유리를 상상하고 만들어낸 인간, 집에 유리를 가져와서 창문을 단 인간, 유리창 앞에 선 인간…… 유리창 앞에 돌멩이를 쥐고 서 보았던 인간…… 그 모든 인간들이 내 안에서 살아나는 기분.

오은 예전에 쓴 시들에 비해 시 속에서 '나'가 더 많이 등장하는 것 같아. 실제로 근작들에선 '나'를 감각하고 감지하는 순간들이 더욱 가득한 것 같고. 나라는 굴뚝, 나라는 연통, 나라는 증기기관. 거기서 피어오르거나 새어나가는 연기들, 냄새들, 낌새들…… 누나에게 있어 '나'는 이 세계를 어쩔 수 없이 관통해야 하는, 유한한 존재일까. 누나가 말하는 '나'에 대한 이야기를 듣고 싶어.

김행숙 첫 시집을 쓰던 무렵에는 '나'라는 1인칭에 대한 거부감이 있었어. 시적 자아로 설정된 '나'는 나의(거꾸로 말해도 되겠지, 즉 나는 시적 자아인 '나'의) 존재 증명이 되어야 한다고 생각하지 않았고, 또 되고 싶지도 않았어. 고유한 '나', 의미 있는 개성을 산출하는 '나'라는 존재가 나는 못 된다고 생각했어. 왜 내 이야기를 해야 하지? 그렇게 반문했지. 그래서 '내'가 아닌 다른 이름이 필요했지. 그 다른 이름 안에서 훨씬 자유로웠던 것 같아. 그렇지만 '나' 안에 이미 다른 이름들이 들어와 있잖아. '나'는 다른 이름들로 얼룩져 있고 빚어져 있잖아. 나는 이미 '고유한 나'를 회의했었는데, 그렇다면 굳이 다른 이름이 아니어도 된다는 생각을 하게 되었어. 나는 타자들의 운동 속에서 맺히고 해체되고 무늬를 만들어나가는 존재라는 생각, 나는 주체라는 건물의 주인이라기보다는 통로들, 복도들 같은 존재라는 생각, 그렇게 '나'라는 1인칭의 감옥이 열렸어.
그리고 나도 '나'지만, 너도 너에게 '나'고, 그/그녀도 그/그녀에게 '나'잖아. '나'라는 이름은 이렇게 모두의 것이고 모든 존재를 담아내. 너도 '나'이고 그도 '나'인데, 이것은 너무나 당연한 사실인데, 나만 '나'인 것처럼 그 사실을 종종 망각해버리는 거지. 네가 "나는"이라고 말할 때의 그 '나'에 닿고 싶은 욕망으로 나는 '나'를 빌리기도 해.

오은 누나가 쓴 시에는 3인칭이 거의 등장하지 않아. 등장하더라도 그나 그녀가 시의 국면을 뒤흔들 만큼 결정적인 존재도 아니고. 문득 엉뚱한 상상을 해봤어. 누나가 자주 호명하는 1인칭인 나와 우리, 2인칭인 너 중 가장 외로운 존재는 누구일까.

김행숙 외로움은 인간 실존의 근본 감정일 거야. 은이가 그렇게 물으니까 문득 '우리'라는 복수형 안에서도 외롭다는 것이 새삼스럽게 더 외롭게 느껴지네. 우리는 사랑을 하지 않아서 외롭기도 했지만 사랑을 하기에 외롭기도 했어. 마음을 건네지 않아서 외롭기도 했지만 마음을 많이 썼기에 외롭기도 했지. 그리고 제 몫의 외로움을 감당하려고 하지 않을 때, 외로움을 어떻게든 해소하려고만 넘벼들 때, 관계는 폭력적으로 변하기도 해.

오은 누나의 어린 시절은 과연 어땠을지 궁금해. 영리하거나 명석하다기보다는 총명했을 것 같은데. 그때도 지금처럼 언어에 민감했는지 알고 싶어. 좋아하는 누군가의 옛날이야기를 듣다 보면 그 사람을 이해하는 데 큰 도움이 되거든.

김행숙 겁이 많았지. 초등학교 입학식을 두 번 했어. 말하자면 재수를 한 셈이야. 적응을 못 해서 한 달 만에 학교를 관뒀어. 학교 가는 게 무서워서 그랬을까, 같은 악몽을 계속 꿨어. 학교 복도와 계단으로 이루어진 미로에서 길을 잃어버리는 꿈. 꿈속에서 쓰러질 만큼 현기증을 느꼈어. 참 이상하지. 나는 기억력이 형편없는데, 어린 시절의 몇 가지

꿈들은, 그 꿈의 감각들은 바로 그 꿈속에 있는 듯이 생생해. 똑같은 꿈을 너무 많이 반복해서 꿨기 때문일 거야. 어린 시절의 나는 자폐적인 구석이 있는 아이였어. 나는 천과 가위를 가지고 인형 옷을 만들면서 혼자 노는 걸 좋아했는데, 몇 시간이고 혼자 있어도 심심함이나 외로움을 느끼지 않았고 엄마도 찾지 않는 아이였어. 그랬으니 밖에 나가는 걸 싫어했지. 엄마가 밖에 나가서 좀 놀라고 등을 떠밀면 두 살 아래 여동생이 보호자가 되어주었어. 오랫동안 두 살 아래 여동생은 나의 언니 같았어. 지금도 그 느낌이 남아 있지. 그러니까 총명한 아이는 결코 아니었던 거지.

오은 취미가 뭔지 물어봐도 돼, 누나? 나는 누나 시를 읽을 때마다 이 사람의 취미는 관찰일까, 몽상일까 하는 궁금증에 사로잡히곤 하거든. 그러면 자연스럽게 '누나가 시간 날 때 하는 소일거리는 무엇일까' 하는 데 생각이 미치지. 틈이 날 때 자기도 모르게 적극적으로 하는 일 말이야. 틈이 자주 날 만큼 한가한 사람이 아닌 건 잘 알지만. 혹시 노래 부르기가 아닐까 짐작하곤 혼자 소리 내어 킥킥 웃기도 했지.

김행숙 글쎄. 틈이 날 때 내가 잘하는 건 아무것도 안 하는 거. 말하자면, 멍 때리기.

오은 한동안 내게 누나의 단어는, 김행숙의 단어는 "다정하다"였는데 지난 시집에서부터 어딘가 달라지고 있는 게 느껴지더라.

나는 시에 "다정하다"라는 단어를 쓸 때마다 늘 누나를, 누나 시들을 떠올렸거든. 물론 누나 시가 예전만큼 다정하지 않다는 것은 아니고. (웃음) 뭐랄까, 다정함에서 쓸쓸함으로 이동하고 있는 것 같다는 생각이 들었어. 사춘기가 지나고 사회의 추악한 면을 하나씩 마주하다 어느 순간 세계의 민낯을 목도해버린 사람처럼, 세상은 더 이상 아름답지 않다고 노래 부르는 가수처럼.

김행숙 '세월호 이후' 내가 오래 붙들고 있는 단어는 '희망'이야. 벤야민은 "오로지 희망 없는 자들을 위해 우리에게 희망이 주어져 있다"(『괴테의 친화력』), "누군가를 아무 희망 없이 사랑하는 사람만이 그 사람을 제대로 안다"(『일방통행로』)고 했어. 기형도는 "미안하지만 나는 이제 희망을 노래하련다"(「정거장에서의 충고」)고 썼지. 그런 문장들을 자꾸 생각해. 그들이 애써 발음했던 희망은 '절망을 이기면서' 도래하는 것이 아니었어. 이때 절망은 이기고 지고의 차원에 속하는 문제가 아닐 거야. 절망은 현실 인식이고 현실의 깊이야. 절망을 누르고 지우는 것은 누군가를(세계를) 제대로 아는 것도 제대로 사랑하는 것도 아닐 거야. 절망을 이기고서 희망으로 나아가는 것이 아니라, 가장 깊이 절망함으로써 희망에 닿는 세계에 발을 들여놓고 싶어.

'천사의 멜랑콜리'를 상상했어. 누군가의 머리 위에 날개를 드리우고 그 슬픔을 어루만지는 천사가 아니라 인간의 슬픔 속으로 어느덧 빠져버린 천사. 슬픔과 절망에 젖어 납처럼 무거워진 천사. 그 무거운 날개로는 다시는 천상으로 날아오르지 못할 천사. 고통과 슬픔 주변을 내내 떠나지 못하는 천사. 천사의 미소가 아니라 천사의 우울을 상상

할 때에야 간신히 희망이라는 말이 이 세계에 남아 있는 것 같았어. 결코 아름답지 않은 이 세상에서 그러나 우리는 그런 천사들을 지나쳤던 거야. 그렇다면 나는 뒤를 돌아보고 그 누군가의 등을 오래 바라보고 싶어.

오은 누나는 꾸준히 누나의 신체로, 누나의 시선으로 이 세계를 응시하고 있는데 이 세계가 점점 어두워져서 누나 시가 쓸쓸해지고 있는지도 모르지. 실제로 결혼을 하고 아이를 낳고 나이가 점점 드는 이런 일련의 과정이 시를, 시 세계를 변하게 하는지 궁금해. 알다시피 나 같은 경우는 큰 사고를 당하고 내 삶에 결절結節이 생기는 것 같은 느낌이 들었거든. 그때 이후로 뭔가 바이킹처럼 기우뚱하게 기울어졌다고 해야 하나.

김행숙 그때 사고를 생각하면, 이렇게 은이가 씩씩하고 멋있게 우리에게 돌아와준 게 너무 감사하다. 얼마나 힘겨운 과정이었을지 다 짐작하기 어렵지만, 명랑한 은이에게 더 '깊은' 표정 같은 게 생긴 것 같아. 당연히 삶의 시간이 시의 세계에 흘러들고 따라서 어떻게든 변하게 했고 변하게 할 거라고 생각해. 그런데 거꾸로 시가 삶을 변하게 한다는 것도 알게 됐지. 시를 쓰지 않았다면 나는 지금의 나와는 많이 달랐을 것 같아. 나를 알고 시를 쓰는 게 아니라 시를 쓰고 나를 알게 되는 경우도 많으니까 말이야. 어디선가 한 번 했던 말인 것 같은데, '좋은 시'에 대해 생각하면 이상하게 '좋은 사람'에 대해 꿈꾸게 돼. '좋은 사람'이 어떤 건진 잘 모르지만, 시를 쓰면서 조금씩 조금씩 그 미지의

'좋은 사람' 쪽으로 스며들면서 살아가고 싶어.

오은 시가 발생하는 순간에 대해 궁금해. 아울러 시를 쓸 때 습관 같은 것이 있는지도. 나 같은 경우는 한글 창을 띄우고 나서 한참 동안 딴짓을 하거든. "예열이 길다"라고 포장하고 있지만, 솔직히 말하면 최대한 시 쓰는 시간을 늦추는 '유예'인 셈이지. (웃음)

김행숙 시가 발생하는 순간은 사랑이 찾아오는 것과 비슷한 것 같아. 저 사람을 사랑해야지, 지금부터 사랑을 시작하겠어, 그렇게 의식이 앞질러서 선택하고 결심해서 할 수 있는 게 사랑이 아니잖아. 자신도 모르게 사랑이 시작되고, 그렇게 어느새 사랑을 하고 있는 것처럼, 시의 경우에도 내 의식이 앞에서 끌고 갈 수가 없어. 그래서 은이는 한글 창을 띄우고 한참 동안 '딴짓'을 하는 걸 거야. '딴짓' 속에서 나도 모르게 찾아오는 시를 기다리고 있었을 거야. 시가 발생하는 순간은 시를 쓰겠다는 의지나 욕망조차 망각한 채 시적인 상태에 있을 때야. 그러니까 시를 쓰려고 하면 시를 쓰려고 한다는 의식부터 없애야 해. 나는 나를 최대한 수동적인 몸 상태로 놓아두려고 해. 발전소 같은 몸이 아니라 수신기 같은 몸 상태를 만드는 거지. 시적으로 나는 창조하는 사람이라기보다는 예민하게 반응하는 사람이라고 할 수 있을 것 같아.

오은 김행숙에게 '인간'이란 어떤 존재야? 누나의 시를 읽을 때마다 인간은 신비로운 대상처럼 반짝이면서도, 숨죽여 울 줄 알면서도, 결정적일 때 바로 옆에 있는 사람의 말벗조차 되어줄

수 없을 만큼 불완전한 존재처럼 느껴지거든. 특히 인간이 천사와 대비될 때는 그렇게 왜소하고 보잘것없이 느껴지고. 천사를 찾을 만큼 그런 위태로운 상황을 만들어버린 '당사자'처럼 말이지. 누나가 인간을 바라보는 태도, 인간에게 갖는 감정에 대해 듣고 싶어.

김행숙 정말 어려운 질문이다. 나는 「천사에게」라는 시의 마지막 부분에 이렇게 썼어. "인간을 사랑하느냐고 나는 물었고, 그리고 오랫동안 대답을 기다렸다." 그 대답이 아직 도착하지 않았는데…… 인간은 사랑하기 어려운 존재고, 사랑하지 않기도 어려운 존재 같아.

안데르센의 「인어공주」를 읽어보면, 인간은 가졌는데, 인어에게는 없는 세 가지가 있어. 그 세 가지는 바로 '다리', '영혼', 그리고 '눈물'이야. 영혼은 인간이 유한한 존재이기에 상상해낸 것이고 신은 눈물을 흘리지 않는다고 하니, 인어는 인간보다 한참 신적인 존재임이 분명해. 그런데 사랑에 빠진 인어 아가씨는 눈물을 흘리고 싶어 하지. 눈물이라는 신비로운 분비물을 몹시 갖고 싶어 하지. 눈물이라는 액체는 매우 인간적인 것이야. 김혜순 선생님의 시 「눈물 한 방울」을 보면, 눈에 눈물 한 방울이 맺혀 있는 것이 아니라, 한 방울의 눈물이 내 얼굴과 몸뚱이 전체를, 존재 전체를 붙들고 있어. 그렇게 무거운 눈물을 흘릴 수 있는 존재가 인간인 거지. 인간은 혼자 울고, 함께 울 수도 있지. 인간은 자신의 고통 때문에도 울지만 타인의 고통으로 인해서도 울지. 인간은 다치기 쉽고 깨지기 쉬운 존재야. 인간은 또한 같은 인간을 상하게 하고 짓밟기도 하는 존재지. 그렇지만 다치고 깨진 인간에게서 인간의 얼굴을 찾아야 하지 않을까. 희망 없는 자들에게서 희망을 구해야 하지 않을까. 어렵게, 어렵게, 가장 어렵게 희망을 발음하고 싶어.

오은 누나 시를 읽을 때마다 나는 이중적인 감정에 사로잡히곤 해. 이것이 누나 시가 가진 고유한 매력이라는 생각도 하고. 장면이 드러나면서 모호해지고, 그 모호함 속에서 칼같이 날카롭고 반짝거리는 게 쑥 올라오는 느낌을 받을 때가 많아. 시는 무언가를 드러내는 데 최적화된 장르일까, 무언가를 숨기는 데 더욱 적합한 장르일까.

김행숙 드러내고 밝히는 것도 시적이고, 숨기고 보존하는 것도 시적인 것이 될 수 있을 거야. 어떻게 드러내는가, 어떻게 비밀의 보자기를 싸는가, 시적으로 관건이 되는 건 바로 그것이겠지. 시는 무언가를 드러낼 때 섬세하고 선연해지고자 하며, 무언가를 숨길 때 깊고 은밀해지고자 해. 드러낼 때라면 섬세한 뉘앙스를 가져야 하고, 숨기는 때라면 그 깊이에로 데려가야 해. 그리고 그 두 가지는 따로 분리되어 있지 않고 동시에 서로에게 작용하고 반발하는 힘일 거야.

오은 지금까지 『사춘기』, 『이별의 능력』, 『타인의 의미』, 『에코의 초상』 등 네 권의 시집을 냈어. 매 시집마다 내게 기분 좋은 충격을 가져다주었지. 고마워. (웃음) 시를 쓰면서부터 끊임없이 나를 괴롭히는 강박이 있어. 바로 자기 갱신. 반면 누나는 단 한 번도 슬럼프나 위기가 없었을 것 같다는 생각이 들어. 언제나 꾸준했고, 그 꾸준함이 시적 재능이라는 것을 몸소 증명하는 느낌이었거든. 혹시 시를 쓰면서 힘들었던 적이 있었는지 궁금해.

김행숙 시한테 버림받은 것 같은 실연의 시기가 어떻게 없었겠니? 연인 때문이 아니라 시 때문에 울어본 적도 있어. (웃음) 시집 한 권 안에도 그렇게 텅 빈 시간들이 곳곳에 포진해 있어. 가만 돌이켜보면 직장생활을 시작한 2006년의 6개월 정도가 시 쓰는 데 가장 큰 어려움을 느꼈던 때인 것 같아. 새로운 생활에 적응하느라 그랬을까. 그땐 나름대로 신경 써서 정장 차림을 하고 다녔어. 그 복장이 아마도 그 당시 나의 어떤 심리적 상태를 상징적으로 보여주는 것이었을 거야. 옷도 불편했고, 마음도 갑갑했고, 어떻게 해도 시적인 몸이 잘 만들어지지 않았어. 새로운 환경에서 내게 필요한 건 '적응'이 아니라 모종의 '마이 웨이'였다는 걸 깨닫는 데 시간이 좀 걸렸어. (웃음) 그리고 또…… 얘기할 수 있겠지만, 생각해보면 그냥 겪고 뒤척여야 하는 것 같아. 그래도 시를 쓰면서 힘들었던 때보다 행복했던 때가 훨씬 많았음이 분명하니 시한테 힘들었다는 말을 하기는 미안하지.

오은 잠시 숨을 고르는 의미로, 시인들이 보내준 질문들을 던져볼까 해. 가볍게 툭 던진 질문들이니 힘들이지 말고 답변해줘도 좋을 것 같아.

먼저 김상혁 시인의 질문이야. "시인 김행숙과 생활인 김행숙의 가장 큰 차이는 무엇인가?" 김상혁 시인의 두 번째 질문이야. "지금까지 낸 시집이 네 권이다. 시집이 쌓여가는 것에 대한 부담감 또는 감회가 있는지 궁금하다."

김행숙 처음에 나는 시와 생활이 분리되길 원했고 분리될 수 있다고 생각했었어. 그래야 오래 시를 쓸 수 있을 거라 생각했지. 그런데 지금은 그렇지 않아. 시와 삶 사이의 상호적인 침입과 뒤섞임, 전이와 갈등과 반동, 그 모든 사태들을 한 몸으로 끌어안고 싶어. 삶이 시를 두들기길 원하고 시가 삶을 고쳐갔으면 좋겠어. 시집을 한 권 한 권 탑처럼 쌓지 않고 계속 허물고 망각하며 가야 할 거라고 생각해. 다행히 내가 기억력이 별로 좋지 않아. (웃음) 부담감, 감회, 아마도 그런 게 없지 않겠지만 의식하지 않겠다고 마음먹었어. 망각은 자연사自然史이기도 하지만 모종의 결단이야. 그런 망각이 필요해. '이별의 능력' 같은 것.

오은 안태운 시인의 질문이야. "특별히 좋아하는 수종水種이 있는지 궁금하다."

김행숙 처음 받아본 질문이야. 왜 그런 질문을 하게 됐을지, 나는 그게 더 궁금하네. (웃음) 내가 물속 생물들, 이를테면 물고기에게서, 인간으로부터 아득히 멀어진 감각이나 시간을 느낀다는 것을 이 친구가 알아챈 걸까. 그 외계성을 감지하면서 우리에게 지워진 근본적이고 원시적인 감각 같은 걸 상상해. 그러니까 특별히 좋아하는 수종水腫이 따로 있는 건 아니지만, 수종에 대한 호기심과 매혹은 큰 거지. 그 매혹에는 낯선 이질감과 이상한 동질감 같은 게 공존해. 어쩌면 나는 태아의 기억을 찾고 있는지도 모르겠어.

오은 손미 시인의 질문이야. "시 쓰면서 정말 외로웠을 것 같다. 지금까지 시 쓰면서 가장 외로웠던 순간은 언제인가?"

김행숙 시를 쓰면서 손미는 외롭구나. 아마도 그 외로움이 손미의 동력일지도 모르지. 나는…… 시를 쓸 때 나는, 3센티쯤 들려 올라가 있어. 그 3센티를 뭐라고 불러야 할지 모르겠는데, 외롭다는 생각은 별로 안 들어. 불안, 두려움, 설렘, 무모함, 뜨거움, 아득함, 몽롱함, 환함, 어지러움, 선명함, 흐릿함, 위태로움, 독함, 가득함, 허전함, 희박함, 날카로움……, 그 3센티에는 그런 것들이 있지. 시 쓰는 일에는 분명히 어떤 소외가 존재하지만, 그 소외는 내가 기꺼이 택한 거니까 괜찮아. 어떤 면으론 그 소외를 즐기는 것 같기도 해. 그러니 괜찮아. 괜찮지, 손미야?

오은 구현우 시인의 질문이야. "최근의 관심사가 궁금해요. 특별히 좋아하는 물건, 대상, 장르가 있는지!"

김행숙 언젠가 비슷한 질문을 받고 짧은 에세이를 쓴 적이 있지. 그때 내가 고른 사물은 '베개'였어. 정말 최근의 관심사를 말하라고 하면, 벽지 색깔이야. 2주 후에 이사가 예정되어 있고, 오늘부터 환경 미화를 시작했거든. (웃음) 무거운 벽지 샘플북을 넘기면서 다양한 색깔들을 한참 들여다봤더니, 오늘은 창밖의 하늘색도 색상지로 보이네. 밤하늘의 색상이 참 오묘하다. 오늘은 색깔과 기분의 상관관계에 대해 많이 생각했던 하루였어. 색깔과 정치의 상관관계 말고. (웃음)

오은 마지막으로 김민정 시인의 질문이야. 여러 개의 질문이 와르르 쏟아질 거야. 하나하나 물을까 하다 한데 모으는 게 말맛이 더 살 것 같아서 한꺼번에 물을게. (웃음) "언니, 대학 다닐 때 청바지 입고 다녔어요? 청바지 몇 벌이에요? 이대에서 옷 사본 적 있어요? 학교 다닐 때 '오빠'라고 불러본 사람 있나요?"

김행숙 민정의 목소리가 들리는 것 같네. (웃음) 대학 시절엔 거의 매일 청바지를 입고 다녔지. 핏이 예전만 못하지만 지금도 청바지 입는 거 좋아해. 서랍 하나는 가득 채울 수 있는데 그 청바지가 몇 벌인지는 세어보지 않아 모르겠지만, 세지 않는 게 좋을 것 같다. 세다 보면, 몸이 변해서 어쩔 수 없이 지금은 입을 수 없는 청바지들을 슬프게 확인하게 될 테니. (웃음) 대학 시절 남자 선배들에 대한 호칭은 '형', 그들 중의 누구도 '오빠'라고 불러본 사람은 없었고. 대학 시절에 이대 골목에서 옷을 사본 적은 없었고, 몇 년 전에 한번 딸아이와 영화 보고 나와서 쇼핑했던 게 전부가 아닐까 싶다. 민정, 나 너무 정색하고 대답하는 것 같다. 그러는 내가 좀 웃기긴 한데, 그래도 그러다 보니 옛 생각에…… 가볍게 빠져 있네. 이 '가벼움'은 민정의 선물.

오은 김행숙에게 시는 무엇일까? 어쩔 수 없이 해버리고 마는 말들로 쌓은 탑일까? 겉으로 누나를 보면 시가 굉장히 단정하고 논리적일 것 같은데 시를 보면 불쑥불쑥 튀어나오거나 솟구쳐 오르는 게 있거든, 그것도 매 시편마다.

김행숙 시는 무엇일까. 그렇게 물으면 이상하게 아무 생각도 안 나. 나에게 시는 쓰고 있을 때에는 언뜻언뜻 자명하게 느껴지곤 하는데, 그 바깥에서 시를 가리키며 그것의 이름을 물으면 건망증 환자처럼 시의 주변을 맴맴 돌 뿐 정확한 이름에는 끝내 닿질 못해. 사과의 맛이 먹을 때 존재하는 것처럼 시의 맛도 쓸 때 존재하는 것.

오은 시인이기도 하지만 학교에서 아이들에게 국문학을 가르치는 선생님이기도 하잖아. 누나가 생각하는 '좋은 시'에 대해 듣고 싶어.

김행숙 좋은 시는 무엇일까. 좋은 시를 쓰고 싶다고 말하면서 좋은 시가 뭔지도 모르는 역설. 모르겠다는 말이 어쩐지 무책임하고 안일하게 느껴져서 최선을 다해 대답을 궁리해보기도 했는데, 내가 할 수 있는 애씀은 무지無知를 없애는 것이 아니라 무지에 깊이를 갖는 것, 성숙한 무지에 이르는 것이 아닐까 싶어. 나는 좋은 시를 못 써도 좋은 시는 너무 많아. 그래서 말하기 어려운 것 같아. 다만 나는 좋은 시가 많다는 사실을 아이들과 나누어 가지려고 하고, 그리고 좋은 시는 모범처럼 받들어야 하는 게 아니라 각자가 찾고 만들어가는 거라고 말해주고 싶어.

오은 요즘 골몰하고 있는 시의 주제, 혹은 방향에 대해 알 수 있을까? 누나가 매혹되어 있는 대상에 대해 얘기해줘도 좋고.

김행숙 음…… 뭐라고 해야 하나, 일종의 '집단 무의식', 근현대사가 만든 무의식의 풍경들, 내 안의 그림자들, 지극히 개인적이면서 집단적인 불안과 공포들, 그런 무의식을 활용하는 통치술, 파시즘적인 공기를 불길하게 느끼면서 자연히 생각이 많아지는 것 같아. 말하자면 지금 그 어디선가 어둠 속에서 만들어지고 있는 역사 교과서는 그 발상 자체가 영혼의 자유를 억누르는 바위 같아. 그것은 시를 납작하게 누르는 프레스 기계 같아. 영혼의 바위 같은 것, 프레스 기계 같은 것들의 압력 '속'을 살면서 어떻게 시적인 반동을 일으킬 수 있을까, 요즘은 어쩌지 못하고 그런 생각에 무거워지네. 나는 시를 생각할 때면 겨울 외투를 벗는 것처럼 가벼워졌었는데, 요즘은 자꾸 무거워만 지니 아무래도 시 쓰기가 쉽진 않을 것 같다는 어두운 예감이 드네.

오은 누나는 이미 '갓행숙'이지만, 누나만의 단단한 '말의 성'을 높이 쌓아 올렸지만, 그래서 더욱 궁금한 게 있어. 먼 훗날, 어떤 시인으로 기억되고 싶어?

김행숙 생각 안 해봤지만 질문을 받았으니 일단 생각해보는데 역시 그림이 잘 안 그려지네. 시에 대한 나의 소망은 시로 인해 쩔쩔 매고 시로 인해 아이처럼 기뻐하면서 오래 썼으면 좋겠다는 것. 나한테는 시보다 재밌는 일이 별로 없더라고. '먼 훗날'이라니 그것은 어떤 시간일까. 그러면서 문득 소월의 시를 떠올리고 있는 이건 또 뭘까. (웃음) "먼 훗날 당신이 찾으시면 그때의 내 말이 잊었노라. (……) 어제도 오늘도 아니 잊고 먼 훗날 그때에 잊었노라."

오은 올해도 벌써 3분의 1이 채 남지 않았네, 누나. 서촌에 작업 공간을 마련한 것으로 알고 있어. 아직도 거기서 작업을 하고 있는지 궁금해. 마지막으로 독자들에게 앞으로의 계획에 대해 들려줘. 다시 한번, 온 마음 다해 축하해!

김행숙 그냥 서촌에 숨어 있기 좋은 쪽방을 하나 만든 거지. 학기 중엔 거의 비워두고 있지만, 세상에 빈 방이 하나 있다는 게 이상하게 숨구멍처럼 느껴져서 그대로 두고 있어. 늘 그렇듯 딱히 계획이랄 것은 없고, 지금으로서는 다만 시를 못 쓸 때도 시에 성실하자, 그런 마음으로 축하에 답할게. 정말 고마워, 시를 나누는 나의 모든 친구들.

제16회 미당문학상

최종후보작

강성은

낙관주의자

환상의 빛

거울을 통해 어렴풋이

사운드

여름 주간

녹음綠陰

2005년《문학동네》로 등단했다.

시집으로 『구두를 신고 잠이 들었다』, 『단지 조금 이상한』이 있다.

낙관주의자

잉어찜을 먹었다 잉어는 아주 컸고 어제까지도 물속을 헤엄쳐 다녔을 거라는 건 생각하지 않았고 저수지의 깊은 물도 생각하지 않았다 어제 내린 비로 물이 불어 잠긴 낮은 지대의 집들과 지붕들을 생각하지 않았고 그곳에도 사람들이 있다는 것을 생각하지 않았다

학교의 연못에는 커다란 잉어 떼가 검은 물속을 무리지어 다녔는데 먹이를 주지 마시오, 라는 팻말이 붙어 있었고 하지만 누군가 뭔가 던지기만 하면 탐욕스럽게 달려들었다 어떤 잉어들은 사람의 얼굴을 닮았고 사람보다 오래 살기도 한다고

등 푸른 생선을 먹을 때도 먼 바다를 생각하지 않았고 커피를 마실 때도 커피 농장과 그곳의 아이들을 생각하지 않았다 닭을 먹으며 새들을 생각하지 않았고 소를 먹으며 돼지를 먹으며 생각이란 걸 하지 않았고 먹고 또 먹었다

잉어 가시가 목구멍에 걸렸는데 병원에 가지 않았다 커다란 잉어의 커다란 가시 어떤 의심도 없이 나는 그것을 삼켰는데

검은 물속에서 문득 아름다운 빛깔의 비늘을 드러내 보이며 잉어는 진흙도 먹을 것이다

환상의 빛

아침에 자기 이불을 팔고
저녁에 울면서 다시 그것을 사러 온 사람처럼

눈알을 잃어버린
맥베스의 마녀들처럼

자신의 그림자를 피해
끝없이 달아나는 사람처럼

불 꺼진 사무실에 갇힌
내일의 유령처럼

한여름에 흩날리는 눈처럼

두 사람이 숲으로 들어갔는데
한 사람만 숲에서 나오는

무서운 이야기처럼

잃어버린 아이를 찾으려고
한낮에도 등불을 들고 다니던 여자처럼

내 침대 위에 잠들어 있는 사람처럼

너는 누구지?

거울을 통해 어렴풋이

늦여름 뜰에서 리코더를 불었다 뱀 나온다고 옆집 아주머니가 소리를 질렀다 밤도 아닌데 차가운 땀이 흘러 더 이상 리코더를 불 수 없었다 낮잠에 든 엄마는 깨지 않았다 뱀은 나오지 않고 나는 구구단을 외웠다 일단부터 구단까지 음악 교과서를 펴고 노래를 불렀다 첫 장부터 마지막 장까지 지난여름 해변에서 거울을 밟고 물속인지 거울 속으로 들어가던 엄마의 모습이 떠올랐다 엄마는 낮잠에 들어 있다 죽은 것처럼 날이 어두워져가고 있는데 나는 다시 리코더를 분다 뱀이 나오면 좋겠다고 생각한다 뜰 한편에선 검은 포도가 익어가고 있는데 이제 저편으로 사라져 보이지 않는다

사운드

겨울밤
복도에는 복도의 소리
빈방에서는 빈방의 소리가 나고
거울 속에는 거울 속의 소리가 난다

눈길에 장화를 신은 남자가
나무를 끌고 가는 소리
겨울
음악은 사운드지
네가 말했다
쓸모없는 소리
내가 말했지

너의 불안에도 소리가 있어
귀뚜라미 소리
마룻바닥이 삐걱거리는 소리
누가 오나 보다

여름 주간

지루하게 빛이 과수원 위에 머물렀다 해충을 죽이기 위해 모깃불을 놓았는데 흰 연기가 점점 번져 과수원을 덮었다 과목들은 연기 속으로 사라졌다 과수원은 미궁처럼 끝없고 그 속에서 벌레들의 윙윙거림이 쏟아져 나오고 뛰쳐나오고 연기는 더욱 짙어지고 검어지고 불은 점점 더 거칠어지고 동물들의 발소리 같은 것이 들리고 누군가의 울부짖는 소리 저 속에 무엇이 있는 걸까 과수원은 어디로 간 것일까 마스크를 쓴 사람들이 무심히 안으로 걸어 들어갔다 어느새 소리들이 잦아들고 연기가 조금씩 걷히고 사라진 과수원이 조금 더 넓어지고 있는 듯했다 해충은 사라지지 않을 것이다 여름은 아직 끝나지 않았다 연기가 사라지자 나무 꼭대기마다 죽은 새들이 앉아 있었다 푸른 사과가 있어야 할 자리에 매달려 있는 죽은 새들 죽은 것이라고 믿기지 않을 만큼 들썩이고 있었다 마스크를 낀 사람들 사이로 양산을 든 노인이 혼잣말을 중얼거리며 지나갔다 바닥에 죽은 새들을 밟고 들썩이는 새들을 밟고 바삐 걸어갔다 과수원의 겨울을 생각했다 거긴 아무것도 없는 겨울

녹음 綠陰

소나무 숲에서 잠이 들었는데 눈 떠보니 저녁이었다
강으로 물놀이를 간 사람들이 돌아오지 않았다
어둠이 숲속에 가득 들어차 있었다
무서운 생각이 들었다

저 멀리서부터 다가오는 발소리
내 앞에 멈춰 울먹이듯 말했다
집에 가자, 이제 돌아와
그의 얼굴은 보이지 않았다

여름이거나 겨울이거나
대낮이거나 한밤중이거나
문득 잠에서 깼다
서늘한 숲이었다

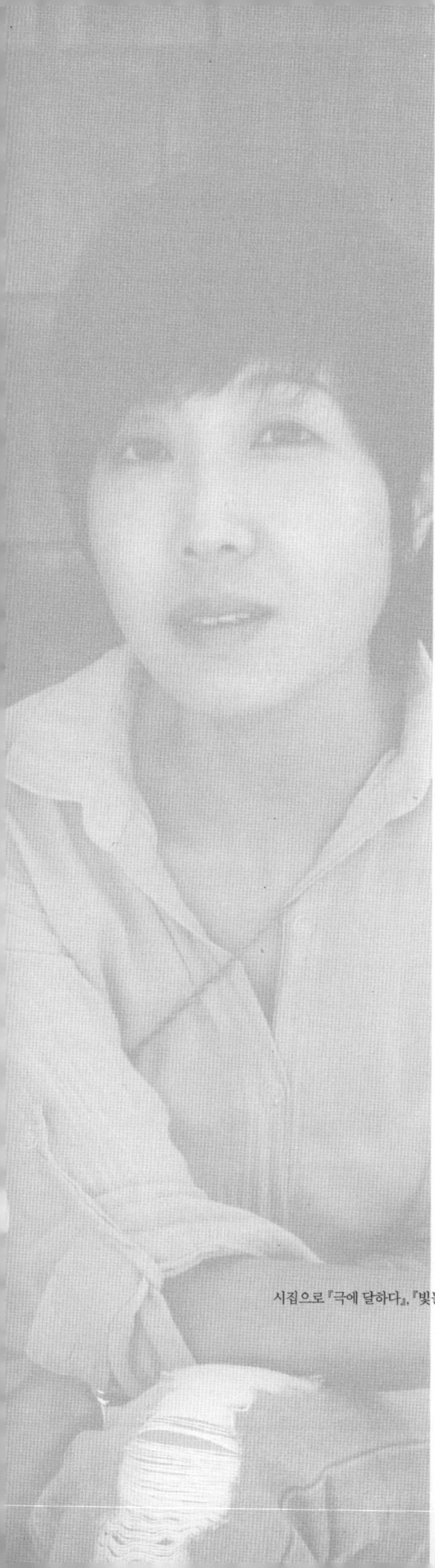

김소연

누군가

남은 시간

바깥

경배

손아귀

i에게

1993년《현대시사상》으로 등단했다.
시집으로 『극에 달하다』, 『빛들의 피곤이 밤을 끌어당긴다』, 『눈물이라는 뼈』, 『수학자의 아침』이 있다.

누군가

잘 가,
하고 손을 흔들던 모습을 마지막으로 보아선지
너를 내내 거기에 세워둔 것 같았다

벌떡 일어나
놀이터로 나가보았다

너는 거기에 없다
너의 운동화가 잘 말라가고 있다
너의 운동화에 발을 넣어본다

턱을 타고 땀이 흐른다
벗어둔 외투를 비집고 자책들이
불개미처럼 기어 나온다 발가락을 깨문다

햇볕이 햇볕을 향해 몸을 낮추다가
햇볕이 햇볕을 순식간에 잡아먹는 걸 바라본다

어느새 너는 나에게 업혀 있다
너는 어느새 외투가 되어 있다
어느새 나는 외투를 입고 있다

너니?
나의 말투가 다정할수록
너는 역겨워한다
할 말이 많아져 입을 다물면서

외투를 벗듯
너를 벗어서 내려놓는다
비로소 내가 된 것 같지만

너는 나를 보다가 더듬더듬 나를 만졌다
외투였네,
하고선 나를 찾으러 이 놀이터를 나가버렸다

젖은 운동화가 남긴

젖은 발자국이 너를 따라가고 있었다

나는 거기에 서 있다

남은 시간

나는 아직도
멋대로 듣고 멋대로 본다

들었던 것과 보았던 것을 누군가의 귀에 대고
속삭인다 나는 아직도 이 속임수를 믿는다
속삭임이라서 믿는다

등을 돌린 그 방에는 아직도 내가 남아 있었다
깨진 약속이 아물기를 기다리면서
쪼그려 앉아 문만 죽어라 노려보면서
어떻게든 커다란 소리를 내려 나는 애를 썼다

휘파람을 불거나 씩씩대거나
꽥꽥 노래를 불렀지만
기도를 하지는 않았다
야유를 하기 위해서였다

내 손이 내 손을 맞잡을 일이 없어져갔지만

황갈색 낙엽처럼 팔 끝에 아직도
손은 매달려 있었다

팔꿈치를 가까스로 접어
얼굴을 가렸고
외면하고 싶은 것을 안 보는 용도로써
손을 사용했다

손바닥과 속눈썹이
서걱대며 마찰을 일으켰을 때

해일처럼 거대하고 끔찍한 내가
나를 덮쳐오길 기다렸다
공포를 아는 얼굴이 되어갔다
가장 원하던 얼굴이 되어갔다

드러누워버린 나무들의 정수리
드러누워버린 나무들이 드러낸 뿌리

나는 그때에도 멋대로 기울었고 멋대로 자라났다

두 팔을 휘저어 공기를 헝클며 나는
앞으로 앞으로만 걷는다 이제 앞이 알고 싶다
뒤 같은 건 하나도 궁금하지 않다

양쪽에서 은행나무들이 나를 엄호한다
바드득, 운동화가 은행알을 으깬다
나는 아직도 명랑하고 아직도 아름답다

바깥

얼굴은 어째서 사람의 바깥이 되어버렸을까

창문에 낀 성에 같은 표정을 짓고
당신은 당신의 얼굴에게 안부를 물었다

안에 있어도
바깥에 있는 것 같아 바깥으로 나와버릴 때마다
가장 안쪽은 가장 먼 곳에 있다는 걸 알게 되었다

이제 집에 가자며 누군가 손을 내밀 때
거긴 숙소야, 나는 집이 없어
당신은 방긋 웃으며 말했다

비바람에 우산들은 뒤집히고
상인들은 내다 걸은 물건들에 비닐을 덮어주고
행인들은 뛰거나 차양 아래에 멈춰 섰다

처마랄 것도 없는 처마 아래에서

잠자리 두 마리가 교미를 하고 있었다
꼬리를 바르르 떨었지만 고요함을 잃지 않았다

꼬리는 어째서 그들의 바깥이 될 수 있었을까

사나운 꿈은 어째서 이마를 열어젖히는가
낯선 짐승들이 한 마리씩 튀어나와 베개를 짓밟아서
꿈 바깥으로 당신은 자꾸 밀려났다

당신은 다시 잠이 들었다
얼굴을 벗어
창문 바깥에 어른대던 저 나뭇가지에다
걸어둔 채로

당신의 바깥은 이제 당신의 얼굴을 쓰고 있다
안으로 들어오겠다고 당신의 방을 밤새
부수고 있다

경배

나쁜 짓을 이제는 하지 않아
나쁜 생각을 너무 많이 하기 때문이지

좋아하는 친구가 베란다에서 키운 부추를 주어서
나란히 누운 부추를 찬물에 씻지
좋아하는 친구가 보내준 무쇠 프라이팬에 부추전을 부치지
젓가락을 들고 전을 먹는 동안에

나쁜 음악을 이제는 듣지 않아
나쁜 생각들을 완성하는 데에 방해가 되기 때문이지
부추를 먹는 동안엔 부추를 경배할 뿐

저편 유리창으로 젓가락을 내려놓는
너의 모습이 보였는데
왜 그렇게 맨날 억울한 얼굴이니

병이 멈추었니
비명이 사라졌니

나의 병으로 너의 병을 만들던 짓을 더 해주길 바라니
예의를 다해 평범해지는 일을 너는 경배하게 된 거니

참 독하다 참 무섭다 하면서
너를 번역해줄 일이 이제는 없겠다

모든 게 끔찍한데
가장 끔찍한 게 너라는 사실 때문에
너는 누워 잠을 자버리지
다음 생애에 깨어날 수 있도록

아무것도 이해하지 못했는데
모든 것에 익숙해져버렸지
익숙해져버린 나를 적응하지 못한 채 절절매지
젓가락을 들어 올려
진을 다 먹을 뿐

만약 이 세상이 대답이었던 것이라면
그 질문은 무엇이었을까
더 강하고 더 질은 이 부추였을까
병이 멈추어버린 병은 어떻게 아픈 척을 해야 할까

부추를 받고 귀여운 인형을 친구에게 건넸지
무쇠 프라이팬을 받고 예쁜 그림책을 친구에게 건넸지

귀엽고 예쁘게
여리고 선량하게

혼자 있을 때마다 나쁜 것들만 떠올리는데
나쁜 짓은 더 이상 하지 않아
가지런한 부추들
파릇한 부추들

손아귀

탁상시계를 던져본 적이 있다
손아귀에 적당했고 소중할 것도 없었던 것을

방바닥에 내던져
부서뜨려본 적이 있다

부서지는 것은 부서지면서 소리를 냈다
부서뜨리는 내 귀에 들려주겠다는 듯이 소리를 냈다

고백이 적힌 편지를
맹세가 적힌 종이를

두 손으로 맞잡고
천천히 찢어본 적이 있다

이렇게 가벼운 것이잖아 하며
손목의 각도를 천천히 틀면서 종이를 찢은 적이 있다

찢어지는 것도 찢어지면서 소리를 냈다
찢고 있는 내 귀에 기어이 각인되겠다는 듯 날카롭게
높은 소리를 냈다

무너지는 것들도
무너지는 소리를 시끄럽게 낸다

더 이상 버틸 재간이 없다는 것을 항변하는
함성처럼 웅장하게 큰 소리를 냈다

이 소리들을 나는
기억하고 있다

이 소리들을 내가
기억하는 것이 나의 무고를 증명한다는 듯
기억을 한다 하지만

망가지는 것들은 아무 소리도 내지 않는다

조용히 오래오래 망가져간다

다 망가지고 나서야
누군가에게 발견이 되는 것이다

기억에만 귀를 기울이며 지나간 소리들을 명심하느라
조용히 오래오래 내 귀는 멀어버렸다

한밤중에 눈을 뜨면 내가 키우는 식물이
자객처럼 칼을 뽑아 나를 겨누고 있다

칼날 아래 목을 드리우고
매일매일 무화과처럼 나를 말린다

시원하게 두 동강이 나서
벌레가 바글대는 내부를 활짝 전개할 날을 손꼽는다

오늘 아침 나의 식물은

기어이 화분을 두 동강 냈다

징그럽고 억척스럽고 비대해진 뿌리들이
그 안에 갇혀 있었었다

i에게

밥만 먹어도 내가 참 모질다고 느껴진다 너는 어떠니.

지난겨울 죽은 나무를 버린 적이 있었다. 마른 뿌리를 흙에 파묻고서 나무의 본분대로 세워두었는데. 지난겨울 그렇게 버려지면 좋았을 내가 남몰래 조금씩 미쳐갔다. 남몰래 조금만 미쳐보았다. 머리카락이 타오르는 걸 거울 속으로 지켜보았고 타오르는 소리를 조용히 음미했다. 마음에 들었다. 뭐랄까, 실컷 울 수도 실컷 웃을 수도 있을 것 같은 화사한 얼굴이 되었다. 끝까지 울어보았고 끝까지 웃어보았다. 너무 좋았다. 양지에 앉아 있었을 때 웅크린 어느 젊은이에게 왜 너는 울지도 않느냐고 물어본 적이 있었는데. 젊은이의 눈매에 이미 눈물이 맺혀 있더라. 그건 분명 돌멩이였다. 우는 돌을 본 거야. 그는 외쳤어. 미칠 것 같다고! 외치는 돌을 본 거야. 그는 더 웅크렸고 웅크림으로 통째로 집을 만들고 있었어. 그 속에 들어가 세세년년 살고 싶다면서.

요즘도 너는 너하고 서먹하게 지내니. 설명할 수 없는 일들이 아직도 매일매일 일어나니. 아무에게도 악의를 드러내지 않은 하루에 축복을 보내니. 누구에게도 선의를 표하지 않은 하루에 경의를 보내니. 모르는 사건의 증인이 되어달라는 의뢰를 받은 듯한 기분으로 지금도 살고 있니. 아직도, 아직도 무서웠던 것을 무서워하니.

너는 어떠니. 도무지 시적인 데가 없다고 좌절을 하며 아직도 스타벅스에서 시를 쓰니. 너무 좋은 것은 너무 좋으니까 안 된다며 여전히 피하고 지내니. 딸기를 먹으며 그 많은 딸기 씨가 씹힐 때마다 고슴도치 새끼를 삼키는 것과 다를 게 없다고 여전히 괴로워하니. 식물이 만드는 기척도 시끄럽다며 여전히 복도에서 화분을 기르고 있니. 쉬운 고백들을 참으려고 여전히 꿈속에서조차 이를 갈고 있니. 너는 여기가 어딘지 몰라서 마음에 든다고 말했었다. 나도 그때 여기가 마음에 들었다. 어딘지 몰라서가 아니라 어디로든 가야만 한다고 네가 말하지 않았던 게 마음에 들었다. 지난겨울 내가 내다 버린 나무에서 연둣빛 잎이 나고 연분홍 꽃이 피고 있는데 마음에 들 수밖에. 지난겨울 내가 만난 젊은이가, 아니 돌멩이가, 지금 나랑 같이 살고 있다. 나도 그 옆에서 돌멩이가 되었다. 뭐랄까, 우는 돌멩이 옆의 웃는 돌멩이이거나 외치는 돌멩이 옆의 미친 돌멩이 같은. 그는 어떨 땐 울면서 외치면서 노래를 한다! 나는 눈을 감고 허밍을 넣지.

가끔 그럴 때가 있다.

김현

자두나무 아래 잠든 사람

눈앞에서 시간은 사라지고 그때 우리의 얼굴은 얇고 투명해져서

블루

어떤 이름이 다른 이름을

북으로 가는 기차

노부부

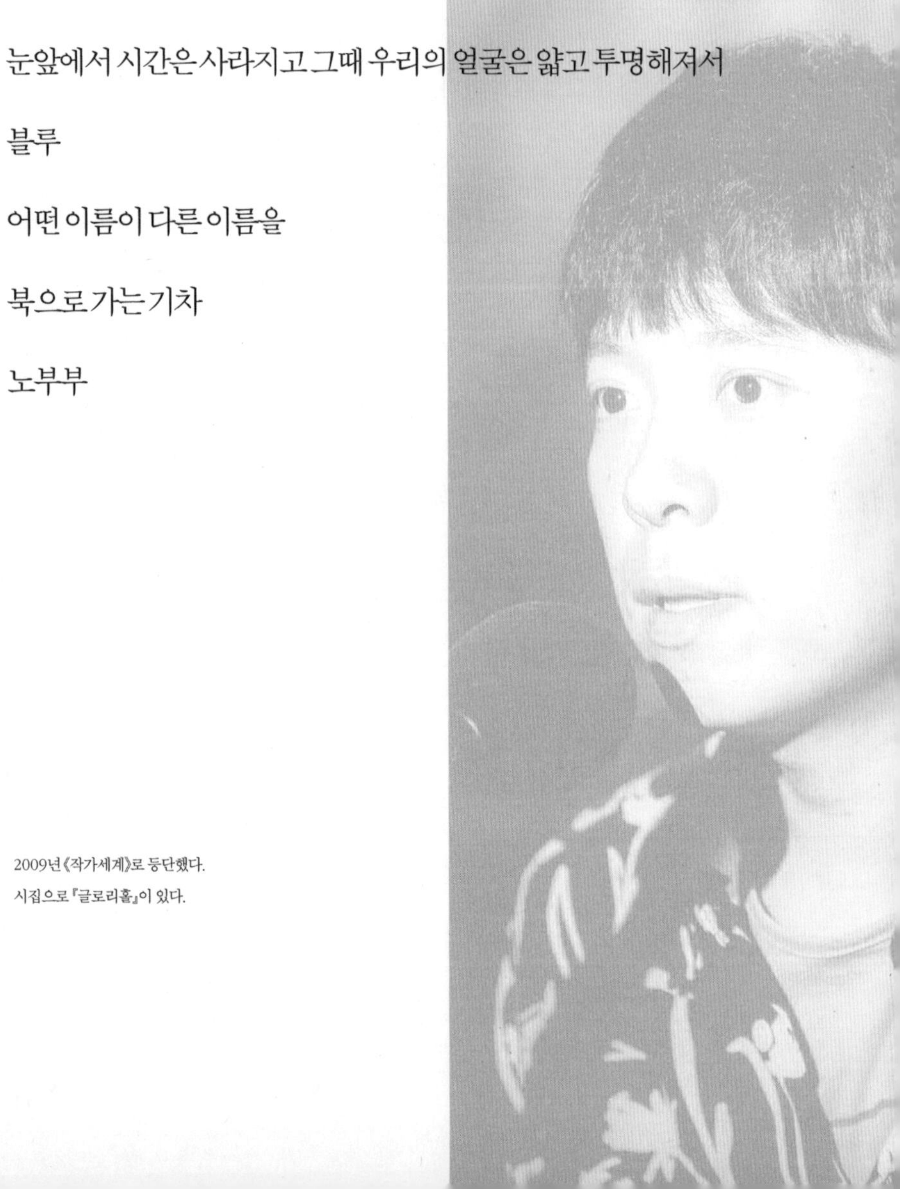

2009년《작가세계》로 등단했다.

시집으로『글로리홀』이 있다.

자두나무 아래 잠든 사람

눈이 와

자두나무 아래 잠든 사람이 있었다

눈이 와

사람이 보이지 않게 되었다

눈이 와

눈 속에서 사람은 얼어 죽지 않고 따뜻했다

눈이 와

그 사람은 꿈을 꾸었다

눈이 와

꿈은 죽은 어머니 같고 죽은 아버지 같고

눈이 와

꿈은 찢겨 죽은 누이 같고 구멍이 나 죽은 오빠 같고

눈이 와

꿈은 방패와 같고 철모와 같고 물결 같고 흰 꽃 같고

눈이 와

꿈은 삼등 선실 승객 같고 물에 빠져 죽은 아이들 같고 거리의 부랑아들 같고

눈이 와

꿈은 낡은 여행 가방 같고 수면에 뜬 운동화 같고 그을린 개털 같고

눈이 와

꿈은 말해지지 않는 역사 같고 숨어버린 진실 같고 구전되지 않는 평화 같았다

눈이 와

한 쌍의 연인이 그곳에서 눈싸움을 하다 천천히 생명을 만들어 갔다

눈이 와

붉은 코를 가진 주정뱅이 하나가 술병을 떨어뜨리고 사라졌다

눈이 와

사랑과 전쟁에 대한 시집 가운데 눈송이를 넣어 가는 눈이 큰 이가 있었다

눈이 와

수레바퀴 자국

눈이 와

나귀 한 마리가 그 위에 검은 똥을 놓고 갔다

눈이 와

옛날 사람들의 발자국 위에 현대인들의 발자국 위에 살아 있는 이들의 발자국 위에 죽은 자들의 발자국이 있었다

눈이 와

늙은 농부의 발자국 위에 탄광부의 아들이었던 이의 발자국 위에 노래하는 고아의 발자국 위에 주먹을 쥔 환경미화원들의 발자국 위에 알바천국에 빌붙은 아이들의 발자국 위에 용역 깡패들의 발자국 위에 낭독회에 가는 이들의 발자국 위에 불이 켜졌다

눈이 와

조국과 민족의 무궁한 영광을 위하여, 그런 구호들이 유령처럼 떠돌고 먹고살던 이들이 하나둘 사라졌다

눈이 와

마음을 아프게 한 사람과 가슴을 아프게 한 사람이 자신을 향해 칼을 들고 서 있었다

눈이 와

독재자의 딸은 책상을 내리치고 서랍에서 민주주의를 꺼내는 사람이 있었다

눈이 와

속기사는 말하는 자의 입술을 놓치지 않고 현대사를 기록하였다

눈이 와

눈은 녹고 자두나무 아래 잠든 사람이 떠올랐다

눈이 와

4월의 봄이었고

눈이 와

사람들이 자두나무 아래에서 검은 악기를 발굴하여 연주하였다

눈이 와

그 음악을 들은 조상들이 지상으로 내려앉고 지상의 얼굴들이 물속으로 얼굴을 내밀었다

눈이 와

뼈만 남은 사람이 천천히 일어나 자신의 갈비뼈를 하나 떼어 돌

로 두드렸다

눈이 와
뾰족해진 것으로 자두나무 아래 잠들었던 남자가 자두나무에
끝없는 대화를 기록해두었다

눈이 와
단 하나의 모든 문장은 여기 사람이 있었다

눈이 와
자두나무 아래 잠든 이가 점점 썩어갔다 새하얀 치아를 두고

눈이 와
땅은 점점 더 비옥해지고 자두나무에서는 흰 꽃이 피고

눈이 와
자두나무의 좌파에서는 빨간 자두가 열리고

눈이 와

한 사내가 그 자두를 따 한 사내에게 건네주며 고백하고

눈이 와

두 소녀가 자두를 한 입씩 베어 물고 입을 사춘기에 맞추고

눈이 와

기억을 잃은 아내의 손을 열고 자두 한 알을 꼭 넣어주는 아내가 있고

눈이 와

두 눈을 잃은 남편의 두 눈에 자두나무 잎을 올려주는 남편이 있고

눈이 와

한 그루 자유의 나무가 되렴 자두나무 아래 은박 돗자리를 까는 조합원들이 있고

눈이 와
망각으로부터 실형을 선고받은 독재자와 그의 군대가 고개를 들지 못하고

눈이 와
아군과 적군의 가슴에 투명한 젖가슴이 생겨나 그들을 영원히 그들의 살인과 겁탈에 속박시키고

눈이 와
힘없는 자의 낭독 소리가 용역들을 진실의 벙어리로 만들어버리고

눈이 와
수레를 벗어난 나귀 두 마리가 죽은 새끼를 입에 물고 인간이라는 축사를 부수었다

눈이 와
빛나는 포도주 한 방울이 아래로 스미고

눈이 와

자두나무 아래 잠든 이의 촛불이 땅으로 꺼졌다

눈이 와

날이 저물고

밤이 와

자두나무 한 그루가 저벅저벅 또 다른 사람을 향해 걸어갔다

아침이 와

그 자신이 뿌리내릴 공간과 시간을 찾아서

[θ]눈앞에서 시간은 사라지고 그때 우리의 얼굴은 얇고 투명해져서

두 사람이 걸어가는 것이다
그런 곳에서는

눈 쌓인 진부령을 넘어가며
멀리서 가만히
이쪽을
보는 것을 보았다

부모였다

민박이라는 글자가 붙은 창문
아래에서 반짝이는 것들은
도대체 무엇일까

어느 땐가 눈이 많이 와

θ 눈보라 속에서 저기, 한 사람이 손가락으로 먼 곳을 가리키자 다른 한 사람도 아, 저기 손가락으로 그곳을 가리켰다 두 사람은 그쪽으로 걸어가며 평화를 모으고 한 사람이 먼저 말을 꺼내는 것이었다 상상해봐요 그 모든 말끝에 하지만 나 혼자 이런 생각을 하는 건 아닐걸요 한 사람이 말을 이었다 눈보라 속에서 바람이 보이고 나무가 보이고 입술이 보이고 모든 게 선명해지고

저 숙소에 짐을 풀고
아이를 갖게 된 사람들도 있을 것이다

눈은 내리고
어둠 속에서 촛불 앞에 발가락을 모으고
두 사람은 두 사람밖에 보지 못하지만
끝없이 같은 곳을 바라본 후에
안도의 한숨을 내쉬고
그렇게 빤한 인생사를 시작했을 것이다

민박에서 해야 할 것을 하고
하지 말아야 할 것을 하지 않고
눈은 참으로 근사하여
멀리서 가만히
아무것도 없는 쪽을 보아서
슬픔에 눈을 뜨는 사람이 있고
그런 사람 때문에 탄생해
이쪽에 서 있게 되는 사람에 관하여

약속하지
남자는 말하고
약속할게
여자는 말하고
두 사람은 창문을 두 사람에게로 옮겨 왔을 것이다

그 깨지기 쉬운 것을

이것이 부모의 사랑 이야기이고
부모에게서 만들어진 이의 사랑 이야기이다

민박하였다

터무니없게도
딱 한 번 고개를 돌렸을 뿐인데

한 사람이 마침
나를 보게 되고

℧블루

당시
정체를 알 수 없는 병에 걸렸던 화가는
블루가 자신을 구한다고 믿었다

그 병은 이제 와 보니
에이즈였다

에이즈에 걸린 화가는
자신의 몸을 캔버스로 삼았다

낮에도 밤에도
그의 몸은 한없이 블루
그럴수록 몸에서는 검붉은 반점이 딱딱 피어오르고
그럴수록 그는 더 한정 없이 블루

℧ 그때 저는 아무도 알아주지 않는 춥고 배고픈 예술가였으나, 술과 남자와 여자를 가까이했으나, 삶과 죽음이라는 두 개의 선과 색채 속에서 발견해야 할 것이 있음을 알고자 했던 젊은이였습니다. 때는 바야흐로 미래였습니다. 미래에 저는 그의 블루 속에서 오직 흰 것만을 보았습니다. 그 흰 것 속에 두 개의 선이 있었습니다. 삶과 죽음은 두 개의 선이 아니었지요. 그는 정체를 알 수 없는 질병 때문에 블루를 구했지만 저는 정체를 알 수 있는 질병 때문에 블루를 구할 수 있었습니다. 그 흰색을요.

블루에 몰두하는 화가에게
사람들은 점점 더 많은 돈을 지불했다

블루가 그를 살아 있게 하는군
그제야 그는 무명에서 벗어나
전위적인 예술가로 불리었다
그가 가끔은 피를 토하고
그 붉은색이 블루 속으로 침투할 때마다

그는 살고자 최선을 다했지만
죽었다
블루 속에서

블루로 뒤덮인 방에서
블루로 뒤엉킨 욕조 안에서
블루로 뒤집힌 궁둥이와 목선과 뒤통수
블루가 흘러넘쳐서 온 집안이

그와 친하지 않았던 사람들이
그를 뒤집어 들것에 싣고 나갔다

새파란 자지로군
아주 새파란 눈동자야

그는 멀기도 멀고
알 수도 없는 검은 곳에 묻혔다

그의 자화상들만이 가깝기도 가깝고
알 수도 있는 밝은 곳에 걸렸다

죽은 그가 그 블루로
산 사람들을 지켜보았다
이제 그만 눈을 감을 때도 되었는데
그는 자꾸만 눈을 감았다 떴다

세계가 이토록 파란 것이었다니

모두 나의 눈 때문이겠지

블루
나의 마지막 살아남은 질병이여

블루는 그를 살게 했고 그를 죽였다

그와 눈빛을 교환한 적 없던 비평가들이
그의 죽음에 새삼 가깝게 다가와 명명했고
그의 블루로부터 멀어졌던 한 사람이 그의 일기를 구해 와 돈을 받고 팔았다
그는 뜬 눈으로 그 모든 것을 보았다
그들이 모두 그의 앞에서 이런 일을 저질렀기 때문이었다

그러나 그때도 어떤 이름을 알 수 없는 한 소년이
그와 눈을 맞추고
블루 속에서 자신의 질병을 발견하고는
그에게 감사하며

은빛 동전을 그들 손에 쥐여주고
그의 일기를 품에 안고 나와
눈이 내리고
새파랗게 추운 거리를 가로질러
에이즈로 죽은 그를 추모하며
진실과 소와 돼지와 개가 기다리는
집으로 가는 것이었다

그의 모든 자화상이 그때다
영원히 눈을 감았다

소년은 에이즈로 죽지 않고
먼 훗날 질병으로 죽었다
그의 이름이
그 유명한

ㅇ

어떤 이름이 다른 이름을

종전 후
그는 연합군 소속으로
점령지의 문을 두드렸다

독일 주택이었다

막스 크루제 남 90세
유디트 헤르만 여 17세

대문에는 이렇게 적혀 있었는데
하필이면 달이 떠 있었기 때문이다

문을 연 건
늙은 아버지였다 당연하게도

나리

ㅇ 이름. 따뜻한 집을 위해 잠을 깨고 초를 켜고 물을 끓이고 라디오를 켜고 사람들 이름을 듣는다. "진아영 할머니는 4.3사건의 피해자로서 그 아픔을 상징적으로 대변해온 사람이다."

우리는 항복했습니다

우리는 나쁜 편이 아닙니다
말할 때 착한 올빼미가 울었다

윌리스 지프에서 그와 그와 그와 그가
그의 배후에 섰다

M1소총으로
여 17세를 가리켰다

연합군은 깨끗하게 처리할 수 있다

다락방에서 떨고 있던
어둠이 가라앉은

유디트가 창문을 열고 날아갔다
흰빛으로

막스 크루제가 그를 밀치고 쭈글쭈글한 손을 흔들었다
유디트, 꼭 돌아오렴.

연합군은 독일 소녀를 겁탈하고
독일 노인을 깨끗하게 처리했다

종전 후에도 그것의 쓸모가 남아 있었다
착한 올빼미가 그 총성을 기억했다

그와 그들이 떠나자 이름을 잃어버린 노인과 소녀가
강제된 팻말을 떼어 어렴풋이 문을 통과해갔다

조용히 해
막스와 유디트도 당했어!
으

으 이름. 우리는 언제 지워지지 않을 수 있나요? 우리의 핵심 목표는, 올해 달성해야 될 것은 이것이다 하고 정신을 차리고 나아가면 우리의 에너지를 분산시키는 걸 해낼 수 있다는 그런 마음을 가지셔야 합니다. 간첩도 그렇고 국민이 대개 신고를 했듯이…우리 국민들 모두가 정부부터 해가지고 안전을 같이 지키자는 그런 의식을 가지고 신고 열심히 하고. 그 트라우마나 이런 여러 가지는 그런 진상 규명이 확실하게 되고, 그것에 대해서 책임이 소재가 이렇게 돼서 그것이 하나하나 밝혀지면서 투명하게 처리가 된다. 그런 데서부터 여러분들이 조금이라도 뭔가 상처를 그렇게 위로받을 수 있다. 그것은 제가 분명히 알겠다.

[a]북으로 가는 기차

아이는 아빠를 닮았다
피를 나눈 사이는 아니지만

둘의 사회주의는 뜨겁다

아이는
과거를 들여다보고 있다

칼과 총이 남긴 자국
매너티와 북방물개와 바다코끼리

아빠의 손가락은
그곳을 향해 있다

a 조국에 백기를 들지 마라. 그것이 나와 피를 나눈 아버지의 가르침이었다. 내 기억에 의하면 아버지는 늘 더 멀리 가려고 하는 자였고, 그런 아버지를 따르는 자들은 모두 강단이 있었고 부드러웠다. 시간에 투항하지 않았고 자연을 합리적으로 생각하지 않았다. 나는 어려서부터 그들 모두를 아버지라 불렀고 그것이 오늘날 내가 아들이나 딸이 아니라 한 사람으로 존재하는 바탕이 되었다. 할 수만 있다면 나는 그들이 이루려고 했던 바를 이루려고 한다. 진실은 전범들의 금고에 있었다. 그것이 내 아버지들이 스스로 죽을 수 있게 했다.

멀리서 오는 것이 있다면
그것이 가까운 것이다

믿음을 가져라
아빠는 진위에 힘입은 목소리로 말했다

증명하고 있었다
아이의 눈도 그런 것을 할 수 있어서 아빠는 눈을 감았다

아이의 눈매는 폭탄을 손에 쥘 수 있는
아빠를 닮았다

미래는 어디에서 오는 걸까

어제도 가난과 추위 때문에
남의 다리에서 뛰어내린 사람이 있었다

남의 다리와

우리의 다리는 얼마나 다른 것이냐

아들도 아니고 딸도 아닌 나의 자녀야

너는 열두 가지를 가지고 있다
나는 너의 다섯 번째 목적이 좋다

아버지, 제가 죽으면
다섯 번째는 간직하고 나머지는 제게 주세요

아이는 곧 터질 듯한 책을 손에 쥐고 있었다
아빠를 흔들어 깨웠다

남이에요
남에 도착했어요

아이와 아빠는
책을 두고 내렸다

기차는 다시 북으로 향해 갔으나

⚠노부부

시간을 손에 쥐고
해변을 걷는다

시간의 오래된 내부는
단단하고 반짝인다

노부부를 따라
노부부의 발자국이 해변을 걸어간다

그런 걸 보는 것이다
여름 해변에서는

태풍이 온다는 것을 알기에
부부는 한평생 지혜를 향해 간다

⚠ 그는 혼자다. 그는 바다를 향해 있다. 바다를 보지 않는다. 그렇게 얼굴을 하고 있다. 그는 그런 얼굴로 혼자서 해변의 얼굴을 완성한다. 그가 허리를 굽혀 모래알이 반짝일 때 한 척의 배와 두 사람이 그의 시간을 스쳐 간다. 그는 배와 두 사람을 모두 보고 주먹을 꼭 쥐고 선다. 주먹 안에 담긴 것이 오늘날의 인생일 것이다.

늙은 남자가 늙어가는 남자의 굽은 등을 감쌀 때
자연의 파도란 평등하다

시간을 쥔 손들은 견고하다
견고한 것으로 부드러울 수 있다

늙어가는 것을 물결로 보는
여름 해변의 일이란 찬연하다

노부부가 산뜻한 얼굴로
저 먼 섬을 나란히 볼 때

손에 쥔 시간이
돌이다

빛과 어둠을
보류하고

해변에 오래 머물지 않고
바다에 미련을 두지 않고

저기로, 가요
저기, 어디

노부부는 순식간에 하얘진다
투명하다

선명한 적이 없었다는 듯이
침묵을 어디에 둘 새도 없이

더 멀리
해변은 노인들의 것이다

그걸 또 누군가가 뒤에서 바라볼 때란
노부부의 마음

가만히 서서

뒤를 돌아보지 않고

걸어가는 발자국을 본다[⍋]

⍋ 인생은 해변 위에 놓여 있다. 그녀는 보이지 않고 그녀들은 파도에 발을 담그고 있다. 누구일까. 그녀는 인생을 보며 여름 해변에서 보았던 발자국들을 떠올린다. 안개에 가까운 사람과 무덤에 가까운 사람이 만나서 시간을 기다리는 이야기. 멈추는 것과 투명한 것과 잠든 것이 기다리는 해변에서 노부부와 한 남자를 따라 움직이던 사람의 시간을. 그녀는 오늘날의 인생을 들고 바다를 향해 간다. 평화가 온다. 노부부가 해변에서 그녀를 되돌아본다.

손택수

강원도 양구쯤 가서

나의 자작

저무는 돌

차경

리라

순간의 발행인

1998년 한국일보 신춘문예로 등단했다.
시집으로 『호랑이 발자국』, 『나무의 수사학』, 『떠도는 먼지들이 빛난다』 등이 있다.

강원도 양구쯤 가서

양력보단 음력을
살기 좋은 곳
열목어가 열을 푸며 논다는
두타연 근처
자작나무 숲 지나 그 어디,
(그 길은 필시 산양만 다니는 길일 텐데)
지난겨울 녹다 만 얼음이 푸석푸석
미라의 붕대처럼 아직 남아 있는
거기선 져버린 사랑도
한 달쯤은 더 기다려줄 법하고
지는 꽃도 망설이며 떨어질 것 같지
강원도 양구쯤,
음력이 그대로 몸을 얻은 땅
내 사랑은 늘 그 모냥이네
살얼음 물속에 담궜다가 막 꺼낸 수건처럼
아픈 이마에 얹으면
아지랑이가 오르리
봄옷 입고 나와 다들 여름 준비를 할 때

피난 가듯, 피난 가듯
찾아가는 꽃

나의 자작

러시아 백계 망명 귀족 같지 자작은
북방의 설원 속으로 사라지는 기차의 연기처럼 아득키도 하네
수목한계선 부근까지 내려오다 멈칫,
경계를 넘지 않고 비박을 하는 눈을 닮았나
그 그늘로 그늘로만 숨어 다니다 길을 끊는 산양의 발자국을
이파리로 가졌다면 어떠리
이사 온 아파트 정원에 자작도 마침
짐 보따리 뭉치 같은 뿌리를 내리는 중이었네
혼자 서 있기도 힘든지 목발을 짚고 있었지
수액 주사를 맞던 한여름은 가지에 달린 비닐 포대가 영락없는 링겔 병,
어느 날은 흉터 딱지가 축 처진 내 눈그늘만 같았지
말라 죽는 일이 없도록 거름을 뒤집어쓴 나무 앞을 지날 땐
존엄사를 문득 떠올리기도 했던가
옛날엔 죽은 자를 위해 천마도를 그렸다는 나무
팔만의 경을 파 넣기도 했다는 나무
이제 나는 말 한 필도 경전 한 줄도 없이
나를 외면하는 데 일생을 바치며 살고 있구나.

우루사와 홍삼을 털어 넣으며 바둥바둥
생선 상자 속 같은 버스 열기에 후끈거리면서 돌아오는 저녁이면
부패를 견디는 얼음 조각처럼 찾아들던 자작
철새들의 부리 끝처럼 빛나는 흰 가지가 나침반 바늘이었네
거무죽죽 바랜 흰빛일망정 통증을 품은 붕대가 저 수피였네
수피를 스치는 바람을 폐망한 왕국의 노래처럼 들었다면 어떠리
나의 자작, 여기는 시베리아도 북방도 아니지만
지열로부터 가장 높은 곳까지 자신을 뽑아 올리기 위해
온몸에 가지를 쳐낸 흉터 딱지를 품고 있는 나무
그로 하여 동과 동 사이를 불어가는 계곡풍이 더러는
눈보라 치는 북국의 어느 산협만 같아서

저무는 돌

해가 저무니 돌도 아쉬움이 있네
나도 저물어 강화 전등,
넘어가버린 해를 돌이 플레이백 시키네
산 너머도 수평선 너머도 산 너머 수평선 너머 전으로 옮겨놓네
군감자알처럼, 군감자알 꼭 쥐여주고 떠난 사람처럼,
찬찬히 식어가는 돌이여
넘어간 해가 내 안으로 넘어와서
산 너머도 수평선 너머도 뒷걸음질을 하여서
돌 속의 일몰을
쬐어보는 저녁이 오네
아직 식지 않은 돌 하나 쥐고
지지 않으면 어찌 볼 수나 있겠니
가는 저도 영 서운치는 않게, 져도 영 서운치만은 않게
해명산 넘어갔나 교동 화개 넘어갔나
딱딱하게 굳은 잿더미 부드럽게 일렁이고
수목장 숲속으로 흰 등 붉은 등이 켜지네
돌이 저무니 그 사이로 나도 傳燈,
서해 너머 해를 쥐고

차경

한옥에서는 풍경도 빌려 쓰는 거라네요 차경借景, 창을 내고 문을 내서 풍경을 들이는 일이 빚이라고, 언젠가는 갚아야 한다고

직업이 마땅찮아 어떨지 모르겠으나 가능하다면 저도 풍경 대출을 받고 싶어요 집 살 때 빚지는 것도 누가 재산이라고 그랬지요 빚 갚는 마음으로 살다 보면 어느새 제 집을 갖게 된다고

풍경 좋은 곳은 다 부자들 차지라지만 아무리 좋은 액자인들 뭐하겠어요 청맹과니처럼 닫혀만 있다면요 어쩌면 세상에서 가장 지기 힘든 게 풍경 빚인 줄도 모르겠어요 가난하고 외로워할 줄 아는 사람에겐 창가에 스치는 새 한 마리도 다 귀한 풍경이니까요

갚는다는 건 되돌려준다는 거겠지요 빌린 나도 풍경으로 내어주어야 한다는 말이겠지요 도무지 뭘 빌려주었다는 건지 알 수 없다는 표정으로 무심하게 앉아 있는 저 돌처럼, 저도 빌려갈 만한 풍경이 되어서

리라

리라 있지? 고대엔 리라 현을 양의 내장으로 만들었대 내장을 재로 씻어서는 갈기갈기 찢었지 하필 재였을까 잿더미였을까

멀리 독일까지 가서 고고학 공부를 하는 허수경 시인에게 들었다 왜 고국을 떠났느냐는 질문에 그녀는 담담하게 시 때문이라고 했다 독하구나, 모국어를 위해 모국을 떠나다니

시인의 말을 받아 적은 종이도 독을 삼킨 것이다 종이라면 제지공이었던 유홍준 시인이 생각난다 산판에서 벌목공 일을 할 때 양잿물 마시고 죽으려 길 몇 번, 양잿물 팔자가 어디 가겠노 살다 보니 펄프에 양잿물을 타고 있더라 양잿물 마신 종이에 시를 쓸지 누가 알았겠노

말년엔 시 한 편이면 천하 원수도 다 용서가 될 것 같다고 안주도 없이 소주를 마시던 박영근 시인도 생각난다 수전증에 걸린 손으로 술잔을 건네던 그가 나는 꺼림칙했다 손의 발작이 옮겨 오면 어쩌나 멀찌감치 떨어져 지냈다

겨울밤 덜덜덜 발작이라도 하듯 모포를 덮고 떠는 창문 옆에서 모니터를 면경처럼 들여다보고 있다 야근을 자주 하면 암에 걸릴 확률이 높아진다는데, 위장병과 소화 장애 환자가 되기 십상이라는데

무슨 독한 사연도 없이 쓰린 속을 움켜쥐고 누가 시키지도 않는 야근을 하고 있는 시, 몇십 년째 밤마다 재가 되어 사라지는 말들을 품고 곯는 내장의 경련을 탄주라도 하듯

순간의 발행인

나는 순간의 발행인, 아직 말이 되지 않은 소리로 공기를 떨게 하여
고막을 때렸을 때를 기억하지

공기는 물방울처럼 떨다가 귓속을 찰랑거렸다네
그 소리가 가장 잘 울릴 수 있도록 우물처럼 골똘해지던 귀,
그 귓속에선 오직 듣는 일 하나만으로도 충만할 줄 알았지

사과, 하면 사과즙이 흘렀고 배, 하면 배꽃이 피던 그때
나도 공기가 되어 진동했지 사라져가는 소리들을 붙들고 싶어서
사라지게 그냥 내버려둘 줄 알았지

공기는 아무것도 기록하질 않지 허공이 성대가 되도록, 바람이 혀가 되도록,
입술 모양만 봐도 알아들을 수 있도록, 눈도 팔도 머리카락도 살갗도 다 소리를 위해 집중하지

그뿐이라네 나는 매 순간 마감에 쫓기며 살지

구름을 인터뷰하고 후박나무 잎새를 치는 빗소리와 막 귀향을 한 천 년 전의 바람으로

특집란을 꾸리지 계간도 월간도 주간도 일간도 다 순간으로 하지

잡지 박물관에도 도서관 정기 열람실에도 아직 입주하지 못했지만

나는 또한 순간의 열렬한 독자, 순간을 정기 구독한다는 건

하루 중 아니 한 달 중 잠시라도 내 숨소리를 듣고 싶기 때문이라네

가끔씩은 펜을 놓고 소리를 내어보지 허공 속에 발행한 페이지를 향하여

어쩌면 저 공기 속에 오래전에 떠나보낸 내가 나를 기다리고 있는 줄도 모른다고

신용목

2000년《작가세계》로 등단했다.
시집으로『그 바람을 다 걸어야 한다』,『바람의 백만번째 어금니』,『아무 날의 도시』가 있다.

공동체

내가 죽은 자의 이름을 써도 되겠습니까? 그가 죽었으니
내가 그의 이름을 가져도 되겠습니까? 오늘 또 하나의 이름을 얻었으니
나의 이름은 갈수록 늘어나서, 머잖아 죽음의 장부를 다 가지고

나는 천국과 지옥으로 불릴 수도 있겠습니까?

저기
공원에서 비를 맞는 여자의 입술에서 그의 이름이 지워지면, 기도도 길을 잃고
바닥에서 씻기는 꽃잎처럼 그러나 당신의 구두에 붙어 몇 발짝을 옮겨 가고……

나는 떨어지는 모든 꽃잎에게 대답하겠습니다.

마침내 죽음의 수집가,
슬픔이
젖은 마을을 다 돌고도 주인을 찾지 못해 누추한 나에게 와 잠

을 청하면,

찬물이 담긴 주전자와

마른 수건 하나,

나는 삐걱거리는 몸의 계단을 밟고 올라가는 목소리로 물을 수 있습니다.

더 필요한 게 있습니까?

그러나 아무것도 묻지 않을 것이다.

달라고 할까 봐.

꽃 핀 정원에 울려 퍼지다 그대로 멈춰버린 합창처럼, 현관의 검은 우산에서

어깨에서…… 빗물처럼

뚝뚝,

오토바이와 회색 지붕과 나무와 풀

위에서

망각의 맥을 짚으며

또,

보고 싶다고…… 보고 싶다고……

울까 봐.

그러면 나는 멀리 불 꺼진 시간을 가리켜 그의 이름을 등불처럼 건네주고,

텅 빈 장부 속에

혼자 남을까 봐. 주인 몰래 내어준 빈 방에 물 내리는 소리처럼 떠 있는

구름이라는 물의 영혼, 내 몸속에서 자라는 천둥과 번개를 사실로 만들며

네 이름을 훔치기 위해

아무래도 죽음은 나에게 눈을 심었나 보다, 네 이름을 가져간 돌이 비를 맞는다.

귀를 달았나 보다, 돌 위에서 네 이름을 읽는 비처럼,

내가

천국과 지옥을 섞으며 젖어도 되겠습니까?

저기

공원을 떠나는 여자의 붉은 입술처럼, 죽음을 두드리는 모든 꽃잎이 나에게 기도를 전하는……

여기서도

인생이 가능하다면, 오직 부르는 순간에 비가 그치고 무지개가 뜨는 것처럼

사랑이 가능하다면,

죽은 자에게 나의 이름을 주어도 되겠습니까? 그가 죽었으니 그를 내 이름으로 불러도 되겠습니까?

달과 칼

달과

칼,

왠지 닮아 있어서

밤이 깊숙한 칼집 같다고 문자를 보낸다. 수없이 찔리고도 한 번도 베이지 않는 칼집 속으로

칼이 들어오고 있어.

피가 묻어 있어. 어머 저 별 좀 봐.

예쁘다.

예뻐서, 어느 나라에서는 달 대신 칼을 그리고 높은 깃대에 달았나 보다.

아침마다 피 흘리는 사람들이 귀신처럼 서서 죽은 아이를 쳐다보는 나라.

사실 칼집은 당한 채 태어났다.

죽은 채 태어났다.

시체로 태어난 시체에게 물었지. 아파? 네 몸에서 별을 봤거든.

밤에게

죽어서도 아파? 엄마를 물었지.

그래서 밤의 어딘가에는 늘 우는 여자가 있지만,
다시 쓴다.
달이 뜨고, 누군가 우물 속에 던져버린 칼이 어두운 바닥에서 반짝이는 밤이야.

잘 지내자.

차갑고 어두운

겨울은 호수를 창문으로 사용한다

그래서 호수에 돌을 던진다

네가 창문을 열었을 때 그 앞에 내가 있었으면 좋겠다,
생각하면서

오후의 카페에는 냅킨 위에 긁적여놓은 글자가 있고
연필은 언제나 쓰러져 있다 차갑고 어두운 것을 흘려보내고 난 뒤에, 남은 생각처럼

태양은 연필 뒤에 꽂힌 지우개 같지만 문지르면 곧잘 호수를 찢어버리지

바보처럼 깊이에 대해서 묻지는 말자,

왜 생각 속은 늘 차갑고 어두운 것일까 생각하면서

카페를 나와 호수 공원을 돌고 있다

여기서 해마다 스무 구씩 시체가 건져집니다 정말이라면, 우리가 죽이고 온 스무 살이 해마다 돌아오는 거겠죠
무서워,
카페 간판에 불이 켜지는 시간이면

물을 닦은 냅킨처럼 안개가 피어오르는데 안개 속엔 꼭 안개만 있는 것이 아닐지도 몰라서,
뾰족하게 깎은 연필을 움켜쥐고 무언가를 견디며

쿵, 바닥을 울리고 호수 위를 뱅글뱅글 돌고 있는 돌멩이를

오랫동안 올려다보는 사람이 있을 것 같은 생각,

냅킨 위에 한 자씩 쓰이는 글자처럼 안개 속에서 한 걸음씩 사람이 나타나서 내 눈을 찌를 것만 같은데……

차갑고 어두운 곳을 생각하면 차갑고 어두운 곳이 생기겠지,

이렇게 호수 공원을 돌다 보면 안개는 공중에 띄워놓은 물속이거나 깨지는 순간의 창문 같아서
창문을 깨지 않고도 창문 밖으로 쏟아지는 불빛 같아서,

나는 연필처럼 깎인 채 카페에 앉아 차를 마시고 또 호수 공원을 돌겠지만

생각 위에 글자를 쓸 때마다 금방 낙서가 된다

송별회

이 불판을 데우는 것은 타오르는 단풍 같습니다. 저 접시에 담겨 나오는 것은

갓 떨어진 낙엽 같습니다.

놀랍게도, 고기는 연기의 빛깔로 익는군요.

재의 색깔인가요?

내 몸속에는 아직 잎을 떨구지 못한 단풍들이 가득 담겨 있습니다.

아무래도 빨갛게 타고 있는 모양입니다. 모든 말들이 연기로 피어오르고 있으니,

모든 문장이 재로 남아 있으니,

한 점씩 집을 때마다 고백이 많아집니다.

후회에는 냄새가 나는군요.

나는 낙엽이 점점 무거워져서 떨어지는 것만 같습니다.

바람이 불면 돌멩이가 날아오는 것만 같습니다.

그리고, 내 몸에 불이 번질 것 같습니다. 웃지 마세요. 입 속에

불씨가 보입니다.

낙엽이 다 졌는데 왜 바람이 부는 걸까요?

그날 내 입술에서 흘러나온 낙엽 한 장을 부드럽게 핥아주었던 것은 두고두고 잊지 않겠습니다.

화상 연고 같은 안개가 강둑을 넘어오는 시간입니다.
누가 강물을 짜내고 있는 시간입니다.

얇게 썬 살코기를 매단 나무를 올려다보면, 꿀꿀거리며 죽어가는 잔별들이 보입니다.

정말로 밤은 끝을 오므린 검은 봉지일까요?

어느 날, 내 몸속의 잎들이 한꺼번에 지는 날이 있을 겁니다.
내 몸을 찢고 나온 슬픈 식사가 있을 겁니다.

계절이 헐렁한 바지를 입고 성큼성큼 어디론가 가고 있는 것 같습니다만,

내 몸을 뒤춤에 아무렇게나 기워놓은 호주머니로 사용하지는 않겠습니다.

찌그러진 담뱃갑처럼 슬픔 따위를 구겨 넣지는 않겠습니다.

취이몽醉以夢

누가 돌을 던져서, 허공의 어디쯤 깨져나간 것이 내 머리는 아닐까? 세계의 뚫린 구멍이 내 생각은 아닐까? 그 둥근 틈으로 모든 침묵이 날아가버려서

우리는 취하고

하나씩 가로등에 매달려 떨어지지 않는 불빛처럼,

끔찍한 일이다.
생각은,
몸속 핏줄에 친친 감긴 돌이 위태롭게 켜놓은 심장 근처에서 휘어지는 칼날처럼……

나는 필요한 만큼 죽인다. 다행히 오늘은 술이 맑아서 무심코 몸의 심지를 적시면,
오래 감다 끊어버린 태엽처럼
늘 밤이었다.
밤은 얼마나 큰 돌이 지나가는 순간일까?

꿈은 그 돌이 떨어지는 수풀일까? 무엇이든 왔던 곳으로 돌아가지만 왔던 방법으로는 가지 못해서,

생각은 아물지 않는다.

우리가 갖지 못한 것은 날개이고 새가 갖지 못한 것은 날고 싶음입니다. 날개 때문에 새는 공중에서 떨어지고, 날고 싶어서 우리는 제자리에서 끝없이 추락합니다.

그가 말을 멈추지 않아서……,

내가 날고 싶다고 해서 날 수 없는 건 아닙니다. 내가 날 수 없다고 해서 날고 싶은 건 아닙니다.

우리는 날아서 왔습니다.

생각처럼,

생각처럼

검은 연기를 지피며 부딪치는 칼끝에서 돌 하나 붉은 심장으로 타오를 때,

목 위에 달린 구멍으로 들이치는 비처럼

슬픔처럼,

나는 필요한 만큼 죽는다. 알겠습니까? 구멍도 깨집니다.

깨지지 않는 한 몸은 영원한 바닥이어서……

어느 날,

유리창이 깨지듯 잠이 깨 손으로 얼굴을 감싸 쥐면, 오래전 날아온 돌멩이가 잡힌다.

눈물은 금처럼 번져간다.

우리라서

나는 저 발자국이 몸으로부터 아주 끊어져 있다고 믿지 않습니다. 몸은 없는데 무게만 있다고 믿지 않습니다. 그러나 저 발자국마다 당신이 서 있다면, 나는 영원히 당신을 떠날 수 없겠지요. 그래서 어떤 비는 지워진 밤을 위해 온다고 생각하는 건 아닙니다. 둥둥 떠내려가는 어둠이 상갓집 신발처럼 우리를 흩어놓는다고 느끼는 건 아닙니다.

그래서 취한 건 아닙니다.

아아 정말,

뭔가 밀실을 엿보는 기분이랄까. 마지막으로 관을 열었을 때, 반듯이 누운 아버지가 꼭 열쇠처럼 보였어요.

사람을 묻고,

별들이 한 바퀴를 돌면 세계의 단단한 지평선이 모두 열릴 것 같았어요.

잘 들어갔다고,

답했다.

전철을 반대로 타고 여섯 정거장을 달렸지만 우리는 늘 전파의 거리를 줄이거나 늘이면서 잘못 든 길을 달리는 중이고,

어디에 내려도

거기가 도착지는 아니니까. 잘 들어갔다고 믿으며

돌아간다.

우리는 서로가 서로를 기억하지 않는 시간 속에서만 잘 지낼 수 있겠지만,

마지막으로 서로를 기억하는 사람 또한

우리라서,

아침이면 차창을 스쳐가는 나무들이 단 한 번 죽음을 주인으로 모시고

밤처럼 꼭 감은 눈에서 떨어지는 이슬 한 방울씩 받아주는 때가 온다.

이성미

형식

읽는 동안

오늘

친구의 친구들

일요일 아침의 창문

돌고래라니

2001년《문학과사회》로 등단했다.
시집으로『너무 오래 머물렀을 때』,『칠 일이 지나고 오늘』이 있다.

형식

형식을 내놔.

내놓지 않으면 구워서 먹으리. 거북이는 어려서부터 늙어 있는 것 같구나. 오래 생각하고 느리게 움직였다.

이게 다야. 내놓을 형식이 없어서 미안. 나는 형식도 못 만들고 죽을 것 같다.

죽을 수 없을 거야. 죽을 때도 형식이 필요하니까.

그래서 죽은 척했다. 사람들이 검은 옷을 입고 와서 울다 갔다. 그건 형식이 아니었지만.

내 죽음이 가짜라서 숨어 있었다. 기다려요, 진짜 슬프게 해줄 테니.

진짜로 죽기 위해 형식을 생각한다. 손에 희고 가벼운 봉투를 들고. 생각하다 말다, 다시 생각하기로 한다.

문장과 문장 사이가 더 벌어졌다. 여기서 체조를 해야겠구나.

팔을 뻗고 다리를 움츠리면서 다음에 올 문장을 기다렸다. 넓어진 그곳으로

바람이 불었다. 커튼이 흔들렸다. 바람은 오로지 형식이구나. 붉은 잎이 떨어졌다. 커피콩이 향기가 되었다.

바람은 커튼. 바람은 붉은 잎. 바람은 커피……

옆에서 걷던 사람이 갑자기 말을 걸었다. 너 안 죽었어?
다행이다. 내가 죽어야 하거든. 형식을 돌려줘. 주지 않으면 구워서 먹으리.

나는 손에 희고 가벼운 봉투를 들고 다녔지. 어느 날 그것은 빈 봉투 같았고 그래서 버렸지.

미안해야 하지만 화가 났다. 절망해야 하지만 화가 났다. 우리에겐 형식이 없으니까.

문장과 문장 사이가 더 멀어진다. 여기서 산책을 해야겠구나. 마음은 뭉개지고 마음은 밟히고. 단일해진다. 형식이 없으니까.

나는 봉투가 없는 사람이 되었어. 다음 문장을 써줄 사람을 기다렸다. 내가 쓸 수 없는 것은 아무도 써주지 않았다. 다음 문장을 써야 여기서 나갈 수 있을 것 같구나.

아침에 눈을 뜨면서 형식을 써버렸다. 형식은 첫 번째고 마지막이니까. 아침을 겨우 시작하고 나면 여기엔 아무것도 없구나. 오늘도 죽을 수 없겠다.

읽는 동안

여름이 지나가는 동안 책을 읽었다. 읽는 동안 귀 옆으로 바람이 지나갔다.

책 아래 무릎과 의자가 있었다. 의자 아래 딱딱한 공기가 있었다. 공기 아래 물이 모여 있었다.

사람들이 뱉은 말이 쏟아진 검은 잉크처럼. 물에 검정을 더했다.

읽는 동안 매일 오이가 열렸다. 입 안에 오늘의 오이를 넣고, 아삭아삭 씹었다.

책 아래 무지갯빛 강물이 흘렀다. 넌 왜 어린애가 한숨을 쉬니? 아이는 자라서 한숨 쉬는 어른이 되었다. 이제 한숨 쉬는 노인이 되기로 하자. 쉬운 일이 아니라 한숨이 나왔다.

하늘의 파란색이 짙어졌다. 잘못 날아온 새가 유리창에 부딪히는 소리가 들렸다.

어두워진 창밖에 반딧불이가 가까워졌다가 멀어졌다가. 원을 해체해서 곡선을 만들 듯이 움직였다. 읽는 동안 잘못 들어온 반딧불이가 손 옆에 앉았다. 빛을 내지 않는 반딧불이는 처음이야. 예쁘구나. 안녕?

그러자 빛을 반짝 내면서 창으로 날아갔다. 밖으로 나가지 못하고. 창문 아래서 희미해진 전구처럼 엎드려 있다가 죽었다.

꿈속으로 가져갈 책을 골랐다. 희미해진 전구를 들고 가야지.

수용소에 들어간 사람들과 국경을 넘어간 사람들을 따라다녔다. 무덤 앞에서 오이디푸스의 이야기를 들었다.

읽는 동안 물가에 소년이 엎드려 있었다. 읽는 동안 배가 침몰했다. 읽는 동안 친구의 딸이 죽었고 친구의 아버지가 죽었다.

물에 가라앉지 않는 문장을 건져서 귀 옆에 걸었다. 창문 옆에 걸었는지도 모르겠다. 귀 옆으로 바람이 불었다. 질문으로 된 문장이 바람에 흔들렸다.

책 아래로 강물이 흘렀다. 의자와 책이 가만히 떠 있었다. 읽는 동안 여름이 갔고 기온이 내려갔다. 나뭇잎이 물기 없이 파삭거리는 소리를 냈다.

여름이 끝나자 읽은 책을 찢어서 강물에 버렸다. 그리고 다시 가을이었다.

오늘

오늘은 비가 온다. 오늘은 시를 쓴다. 내일은 비가 오지 않는다. 내일은 시를 쓰지 않는다.

오늘 나는 시 안에 들어가 있다. 그동안 나는 시 밖에 없다. 시밖에 없는 사람은 시 안으로 들어가 나오지 않았지. 나는 잠깐. 시 밖에 없다가 시 밖으로 나오기로 한다.

오늘이 나를 따라 책상을 들고 시 안으로 들어온다. 책상 위에는 종이가 있고, 종이는 쌓인다. 나는 종이와 종이 사이에 앉아서 나를 내버려둔다. 시 안에 오늘들이 쌓인다.

시 안에 있다가 시 밖으로 나왔을 때 해질녘이면 좋겠다. 오늘의 오렌지빛이 남아 있어서. 창밖이 검정이 될 때까지. 창 안의 어둠 속에 서서. 오늘의 죽음을 볼 수 있으면 좋겠다.

밤에 시 밖으로 나오면. 오늘이 남아 있어도 보이지 않는다. 유리창에 나의 얼굴이 있지만, 내 얼굴에서 오늘이 보이지 않는다. 창문을 연다. 어둠이 나를 둘러싼다.

바람이 불 것이다. 밤바람은 나를 데려간다. 오늘이 아닌 곳으로. 내일도 아니고 어제도 아닌 곳. 오늘 밖으로.

밤바람에서 다른 냄새가 난다. 오늘 밖으로 나가려는 발길질들이 밤으로 모여든다.

내일은 비가 오지 않는다. 내일은 오지 않는다. 내일은 나뭇가지를 자른다. 나무는 아무도 손대지 않아 무성해진다.

친구의 친구들

내 집의 옆집에 자기 친구가 산다고, 친구가 말했다. 내 집의 앞집에도 산다고 했다. 우리 동네는 너의 친구들의 동네 같구나. 언제 소개해줄게. 한 번도 만나지 못했지만. 친구의 친구들 목록이 리본처럼 길어졌다. 이름들은

언젠가 노크를 해보겠습니다. 다짐하며 지나치는
단풍나무 현관문 같고.
손에 들고 있는
주홍 문장 찍힌 소개장 같고.

어느 날 친구의 친구가 내 집을 찾아왔다. 대파 있어요?
나는 당신 친구의 친구입니다. 당신과 친하다는 그 친구와 친한 친구지요.

이런, 이름들의 목록은
너무 많은 대파 한 단이거나 부추 한 단이거나.

친구는 우리 동네에 살지 않는다. 뉴올리언스 거리에서 트럼펫

을 불고 있다고 들었어요. 나도 들었는데. 아직도요?

한 단으로 묶여 있다가 조용히 버려진다는
대파 한 뿌리가 있고. 또 대파 한 뿌리가 있어서.

친구의 친구가 늘어가고. 어쩌지, 친구를 근심할 시간이 없구나.

어느 날 다른 친구의 친구가 문을 두드렸다. 눈자위가 검은 너구리가 보고 싶어요. 그건 제가 어쩔 수 없지만. 거품 많은 검은 맥주라도 같이 마실래요?

어제는 우리 동네 지하철 플랫폼에서 친구의 친구를 우연히 만났고. 친구에 대해 얘기했다. 걔는 왜 뉴올리언스에 간 거야, 대체? 아프리카도 갈 기세이던걸.

나는 네 친구의 친구. 너는 내 친구의 친구.

친구가 되지 못한

친구의 친구 둘이 머리를 맞대었지만 알 수 없었다.

친구는 어디쯤 있는가. 뉴올리언스는 어디인가.

일요일 아침의 창문

일요일 아침이고 집으로 돌아왔다. 일요일은 돌아오기 좋은 날. 일요일은 일주일마다 돌아오지.

집 안에서 보는 밖은 뙤약볕. 그늘 없이 반짝이고 안은 그늘. 건축물은 뜨거워지지 않았지만 일요일이니까 그늘에 머리를 넣고. 낮잠을 자고 일요일은 밖에서 흘러간다. 뙤약볕 아래서. 일요일은 창문 크기만큼 네모나고.

창밖을 보는 나는 헐렁하게 웃고. 일요일의 안쪽은 헐렁하니까. 하얀 빈칸이 가득한 새 원고지를 받은 아침처럼. 창밖이 눈부셔서 눈을 감고. 휘파람새가 내 귀가 열리기를 기다리다가 휘파람을 불고.

일요일은 일요일에 돌아오고 나는 일요일 아침에 집으로 돌아온다. 낮잠을 자는 동안

내가 낳지 않은 아이들이 일요일의 네모난 창문을 넘어 들어와서 나의 낮잠 속에. 손가락을 넣고 간지럼을 태우면 나는 창문을

넘어 슬리퍼를 신고 아이스크림을 사러 갔다가

아이들을 부르며 일요일로 돌아오고.

아이들은 영원히 대답을 하지 않는다. 일요일의 창밖이 고요해지고. 아이스크림이 다 녹고 나면. 맞아, 그랬지. 떠올리면서 일요일은 떠나고

뱀이 빠져나온 긴 초록 병의 입구처럼. 새로운 검은 병의 출구처럼.

일요일은 다시 일요일 아침으로 돌아오지.

돌고래라니

돌고래는 어디로 갔을까. 이렇게 시작하려고 했습니다. 아이들과 죽은 자들, 이라고 쓰지 못하고 돌고래라고, 물고기라고 씁니다.

돌고래가, 그렇지, 돌고래라고 부르는 것이 무슨 소용이람.

그들은 죽었고. 그때. 같이 죽은 것들.
숨소리와
콧노래와
웃음소리와
풍선을 불던 분홍빛 입술.

돌고래라니.
죽은 자들이라고, 사라졌다고. 그들이 죽으면서 우리도 죽었다고.
써야겠지만.

이 말은 또 무슨 소용이람.

저를 믿지 마십시오. 잊지 않겠다는, 저의 말은 거짓말입니다.

이제 나를 믿을 수 없습니다. 우리를 믿지 못합니다. 모든 단단한 것들을 부서지게 하는 햇빛이

쏟아지고

쏟아지고

쏟아질 테니. 우리가 쓴 글자들은 바래서 아무도 읽을 수 없게 희미해질 것인데.

그렇지 않다면 저런 일이 일어나고,

저런 일이 일어나고,

또 일어나고,

이렇게

조용할 수가 없습니다.

딱딱하고 차가울 수가 없습니다.

따뜻한 말이 세상에 하나도 없습니다. 입을 열면 얼음이 쏟아집니다. 다짐도 눈물도 얼어붙어서

.

.

.

참

조용하군요.

음소거된 재난 영화처럼

소리가 들리지 않는군요.

.

.

.

그렇게

우리가 잊었을 때. 4월 16일이 무슨 기념일이었더라? 그렇게 봄이 오고

죽은 나무에 연두 잎이 새로 피어나듯이.

우느라고 잠시 멈춘

새로운 거짓말을 다시 시작하고,

이 정도면 괜찮지 않을까. 다들 그러니까.

나를 속이고. 옳지 않지만 봐주자. 우리 편이니까. 우리 편은 약하니까. 그렇게

계절을 반복하면서.

우리 망해버리자.

어제 같은 내일이 계속되고 있을 때.

그렇게 검은 세상에서도 움직이고 있습니다.

검고

매끄럽고

음악처럼 움직입니다. 저것은.

돌고래인가 봅니다. 미안합니다. 또 돌고래라서. 어쩌면 좋지. 아직도

그들은 헤엄치고 있어요. 돌고래들이 되어서

검은 바다에서 검은 하늘로 뛰어오르며
돌고래들의 검음
돌고래들의 자유

이곳을
교실이 없어진 학교와
책상이 사라진 사무실을
이사를 간 가족의 새집을
친구들과 가족의 둘레를 휘감으며
돌고래들의 웃음
돌고래들의 노래

잊은 사람들의 검은 머리통 위를 헤엄치며.
우리가 들이마시고 내쉬는 검은 공기를 흔들며.
주둥이로 우리 어깨를 쿡쿡 두드리며.

무서운 순간에도 믿고 서로 염려하고 미안함과 사랑을 나누던 말들.

쿡쿡 두드리며.

가장 깊은 곳에는 보드라운 말들이 있어요. 돌고래들이 되어서
쿡쿡 두드리며.

사람들아, 아기 돌고래를 키워볼래?
가장 깊은 곳에서 자라는 보드라운 돌고래를.
마음 안쪽을 쿡쿡 두드리며 헤엄치는.

저는 앞으로도 약속을 하지 못할 것 같습니다. 말하지 않고.
꾸룩 꾸욱 돌고래들의 말을 배워서
듣고, 헤엄칠 것입니다.

돌고래들을 보면서 조금씩.
천천히.
아주 조금씩. 돌고래가 되어갈 것입니다.

하지만 돌고래라니.

이 시가 마음에 듭니까. 돌고래들이 아름답습니까. 그들에 대해 아름답게 쓴 시가 나는 마음에 들지 않습니다.

너무 아름다워졌다고, 돌고래들은 슬퍼할 것입니다. 아직은 아니에요, 쿡쿡 두드리는

돌고래들을, 시에서 풀어줄 것입니다.

이 시를 찢어야겠습니다.

이수명

물류 창고

물류 창고

녹지 않는 사람

신분당선

봄 소풍

여름에 우리는

1994년 《작가세계》로 등단했다.
시집으로 『새로운 오독이 거리를 메웠다』, 『왜가리는 왜가리 놀이를 한다』, 『붉은 담장의 커브』, 『고양이 비디오를 보는 고양이』, 『언제나 너무 많은 비들』, 『마치』가 있다.

물류 창고

처음 보았는데 어디서나 볼 수 있는 흔한 창고였다
누가 여기서 만나자고 했지
불평이 나왔지만 왜 그런지
여기를 드나드는 사람들이 많아서
창고지기가 없어 이 건물은 언제 들어섰나요
물어볼 수도 없지만
우리가 모두 모였을 때 우선 사진을 찍었다
벌써 삐뚤빼뚤 줄들을 섰다
혼자서도 찍고
단체 사진도 찍었다
우리는 잠시 앞을 실천했다
자 다시 한번 앞을 보세요
처음 들었는데 어디선가 들은 음성이었다
다시 앞을 향했을 때 앞은 사라지고 없었다
기념사진을 찍는 동안에는 몇 사람이 잠들었다
이제 무얼 하면 좋을까
기념 후 곧장 사라져버린 카메라
남은 사람들이 주변을 둘러보았다

창고가 폭발하기까지는 아직 약간의 시간이 남아 있었다

밖으로 나가려는 사람은 없었다

창틀에 마침 나뭇잎 하나 앉아 있었는데

더 이상 날지 않는 잎이었다

물류 창고

우리는 물류 창고에서 만났지
창고에서 일하는 사람처럼 차려입고
느리고 섞이지 않는 말들을 하느라
호흡을 다 써버렸지

물건들은 널리 알려졌지
판매는 끊임없이 증가했지
창고 안에서 우리들은 어떤 물건들이 있는지 알아보기 위해
한쪽 끝에서 다른 쪽 끝으로 갔다가 거기서
다시 다른 방향으로 갔다가
돌아오곤 했지 갔던 곳을
또 가기도 했어

무얼 끌어내리려는 건 아니었어
그냥 담당자처럼 걸어 다녔지
바지 주머니엔 볼펜과 폰이 꽂혀 있었고
전화를 받느라 구석에 서 있곤 했는데
그런 땐 꼼짝할 수 없는 것처럼 보였지

물건의 전개는 여러 모로 훌륭했는데
물건은 많은 종류가 있고 집합되어 있고
물건 찾는 방법을 몰라
닥치는 대로 물건에 손대는 우리의 전진도 훌륭하고
물류 창고에서는 누구나 훌륭해 보였는데

창고를 빠져나가기 전에 아무 이유 없이
갑자기 누군가 울기 시작한다
누군가 토하기 시작한다
누군가 서서
등을 두드리기 시작한다
누군가 제 자리에서 왔다 갔다 하고
몇몇은 그러한 누군가들을 따라 하기 시작한다

대화는 건물 밖에서 해주시기 바랍니다

정숙이라 쓰여 있었고

그래도 한동안 우리는 웅성거렸는데
이쪽 끝에서 저쪽 끝까지 소란하기만 했는데

창고를 빠져나가기 전에 정숙을 떠올리고
누군가 입을 다물기 시작한다
누군가 그것을 따라 하기 시작한다
그리하여 조금씩 잠잠해지다가
더 계속 계속 잠잠해지다가
이윽고 우리는 어느 순간 완전히 잠잠해질 수 있었다

녹지 않는 사람

그는 다시 돌아온다 녹지 않고

햇빛 속에 빗속에 녹지 않고

아스팔트에서 거리에서 녹지 않고

숨이 하나도 없는 두개골이 허공을 통과하며

허공이 무슨 소용인가 손에는

종이컵을 들고

하루 종일 다투었던 모든 곳에서 종이컵을

뽑아 들고 입에 물고

이빨은 녹지 않는다

이빨은 하나둘 튀어나오고 수직의 키는 그를 수직으로 유지한다

배치한다

그를 사방에 내다 걸고

떨어뜨리면 사람들 앞에 서둘러 다시 건다

하루 종일 제 키 높이로 걸어야 한다

이리저리 설치한다

그리하여 그는 오늘도 거의 유사한 뒤통수로 돌아오는 중이다

햇빛 속에 빗속에 녹지 않고

아스팔트에서 거리에서 녹지 않고

숨이 하나도 없는 두개골이 허공을 통과하며

허공이 없어지며

밤에도 밤의 깊은 잠 속에서도

무슨 일인지 가끔

그는 녹지 않는다

신분당선

신분당선 연장선이 개통되었다
그것은 아주 획기적인 소식이어서
수도권 남부 지역의 교통 편의를 위한 방책이었다
수도권과 광교 신도시 진입이 훨씬 수월해졌다
신분당선이 연장되고 새 역사에는 크고 환한 불이 켜지고
어둠을 뚫고
열차를 타려는 사람들이 붐볐다
지금 열차가 들어오고 있습니다
빠르고 정확한 신분당선이 개통되어
우리는 선로 위를 돌아다니며
열차 안에서 핸드폰을 들여다보았다
우리는 붐비고 싶어 했고
붐비기를 기다려 계속 모여들었다 계속 붙어 서서
숨을 쉬었고
어떠한 등도 마다하지 않고 들러붙어 섰다
우리는 숫자가 늘거나 줄어들었는데 마치
계속 무얼 밀어붙이는 것 같았다
단번에 몰려들어 쉽게 마주치는 자세가 되어

손색이 없는 열차의 굉음을 따라가는 것이었다
머리핀이 떨어져 내렸다
이렇게 가장 편한 자세로 두개골이 부서지면
신분당선은 교통난을 해소하기 위한 방책이었다
우리가 수도권을 미끄러지듯 지나갈 때
동천 수지구청 성복 상현 광교가 차례로 개통되어
현장에 이르는 순서대로 몸을 돌려
우리는 빠져나갔다
현장으로 갔다 새로운 운행을 시작하는
역사에는 크고 환한 불이 켜지고

봄 소풍

4월이 끝나갈 즈음 우리는 현충원으로
소풍을 갔다 한 친구가 현충원으로 가자 했고
한 친구는 벚꽃이 다 졌다고 했다 단발머리 여자
애가 현충원이 어디 있냐고 물어서 처음 친구가
네이버 지도로 찾으라고 했다 입장료가
무료고 주차도 무료이고 티셔츠 입은 애가
삼촌이 거기 안장되어 있다고 했다 삼촌을
기억하지는 못하는데 삼촌은 이발사였고
이발사는 미용사와 다른 거냐는 질문에 머리카락들이
달라붙은 사람이 이발사라고 했다 삼촌은 이발사인데
손가락이 하나 없었고 빨간 가방을 멘 여자애가 자신의
아버지는 불치병이라 했다
현충원은 아침 여섯시부터 오후 여섯시까지 개방이니까
처음 친구는 정문에 서서
불치병을 굽히지 않아야 하고 단발머리 애는 이발을
하면 되었다
쉴 새 없이 머리카락들이 잘려 떨어지고
어떻게 해드릴까요 앞은 그대로 두고 뒤를 밀어주세요

머리가 달라지면 이웃이 되고 친구가 되었다
삼촌은 오늘 벚꽃이 다 졌다고 했다 다음에
입장료가 없을 때 데려가준다고 했다
빨간 가방을 멘 안내원이 어느 새 뛰어나와 그 안으로
들어가면 안 된다고 호통을 쳤다
그 안에는 지천이 꿈틀거리는
새끼줄 천지였다 새끼줄을 따라 둥둥 떠가는 네이버 지도로
봄 소풍을 갔다 걷다 뛰다 보니까
거기 불현듯 안장되어 있는
꽃들이 무슨 꽃인지는 모르겠는데
다 보였다

여름에 우리는

여름에 우리는 만난다 만나서 좋아 보인다 여름에는 멀리 갈 수 없고 다가온 폭풍을 알아차릴 수 없고 여름에는 집을 헐어 가까운 노점으로 간다

언제라도 좋아
노점이 사방에 둥둥 떠 있다

이쪽으로 앉을까, 여기 테이블을 밀어 저기 테이블이 생겨난다
아무 데나 좋아 할 얘기가 너무 많아 몇 개의 테이블을 붙이자

여름에는 초록색 플라스틱 의자에 앉는다 앞뒤로 삐걱삐걱 의자를 덜컹거린다 내 말 좀 들어봐 컵을 엎어놓고 게의 집게발을 찢는다 이제는 더 이상 발을 쳐들지 않겠지

저기압이 발달한 여름에는 노점들이 발달한다 사람들이 발달한 곳에 있으면 우리는 좋아 보인다 한 번에 마셔도 좋아 그래 좋은 생각이야 잔을 들어 올리는

노점의 순간에
아는 얼굴이 하나도 없어도 좋아

여름에 우리는 만난다 만나서 혼잣말을 한다 여름에는 어디에도 가고 싶지 않고 여름에 우리는 아무것도 하지 않고 언제라도 좋아 우리는 단번에 서로의 목을 부러뜨린다 이대로 어질러진 테이블이 좋아

이제니

노래하는 양으로

고양이의 길

돌을 만지는 심정으로 당신을 만지고

네 자신을 걸어둔 곳이 너의 집이다

어제와 같은 거짓말을 걷고

떨어진 열매는 죽어 다시 새로운 열매로 열리고

2008년 경향신문 신춘문예로 등단했다.
시집으로 『아마도 아프리카』, 『왜냐하면 우리는 우리를 모르고』가 있다.

노래하는 양으로

노랑은 언덕이고 풀은 돋아난다. 노래하는 양으로 춤을 추면 드넓은 들판이 펼쳐진다. 세월이라 부르는 것이 있어 양이 지나간 자리에 내려앉고 흙을 메우고 잎을 피우고 꽃을 떨구고 있다. 끝없이 지치는 활시위의 선율로 지천을 떠도는 음표의 그늘을 걷어내고 있다. 살아 있었던 핏빛 볼과 분홍빛 손톱. 죽어가는 검은 입술과 돌덩이 심장으로. 아름다움은 발목을 드러낸 채로 내 곁에 누워 있다. 너는 점점 땅에 가까워지고. 흙으로 뒤덮이고. 두 번 다시 돌아오지 않는 손으로. 두 번 다시 들리지 않는 목소리로. 언덕은 노랑이고 풀은 노래하는 양으로. 말은 돌처럼 굳어 있고 목구멍은 꾸밈없이 사라졌다. 얼굴이 사라진 것이 목소리보다 먼저겠지. 먼지 너머로 사라진 얼굴이 언덕보다 먼저겠지. 손바닥을 뒤집으면 손등 아래에는 들판. 들판 아래에는 노래하는 양으로. 딱딱하게 굳었기 때문에 떠나보낸 겁니다. 떠나보냈기 때문에 딱딱하게 굳은 겁니다. 돌 곁에 누워. 돌 곁에 가만히 누워. 돌이키고 돌이켰지만 돌이 곁에 있을 뿐이다. 노랑은 들판이고 풀은 노래하는 양으로. 돌과 같이 굳어가는 것은 흙 먼지 나무 바람 뿐만은 아니어서. 돌처럼 흘러내리는 것은 얼음 눈물 구름 얼굴 언덕 뿐만도 아니어서. 바싹 말라 종이처럼 부서져 내리는 풀은 재의 맛이

나고. 바닥으로 떨어져 어두운 흙과 분별없이 섞여. 언제고 언제나 나무로 돌아가려고. 노래하는 양으로 머나먼 들판에서 춤을 추려고.

고양이의 길

그것은 조용히 나아가는 구름이었다. 찬 바람 불어오는 골목 골목을 꼬리에 꼬리를 물고 사라지는 그림자였다. 구름에도 바닥이 있다는 듯이. 골목에도 숨결이 있다는 듯이. 흔적이 도드라지는 길 위에서. 눈물이 두드러지는 마음으로.

흰 꽃을 접어 들고 걸어가는 길이었다. 돌이킬 수 없는 길이었다. 돌아갈 수 없는 길이었다. 봄밤은 저물어가고. 숲과 숲 사이에는 오솔길이 있고. 오솔길과 오솔길 사이에는 소릿길이 있고. 소릿길과 소릿길 사이에는 사이시옷이 있었다. 어머니는 흰 꽃처럼 나와 함께 갈 수 없었다.

그러니까 결국 고양이의 길.
누구도 다른 누구의 길을 갈 수 없다는 듯이.

잡을 수 없는 것을 손이라고 부를 수 있습니까.
다가갈 수 없는 것을 혼이라고 부를 수 있습니까.

그리고 향

그리고 날아가는

어제처럼 오늘도 고양이가 가고 있었다. 그러니까 결국 고양이의 길. 얼룩무늬 검은 흰. 얼룩무늬 검고 흰. 누군가의 글씨 위에 겹쳐 쓰는 나의 글씨가 있었다. 늙은 눈길을 따라 흘러내리는 눈길이 있었다. 그것은 늙은 등으로 천천히 걸어가고 있었다. 늙은 등은 느리고 흐릿하게 불을 밝히고 있었다. 한 발 내딛고 다시 돌아보는 길이 있었다.

돌을 만지는 심정으로 당신을 만지고

돌을 만지는 심정으로 당신을 만진다. 가지 하나조차도 제 그림자를 벗어나지 못하는 한낮이다. 두 팔 벌려 서 있는 나뭇가지를 보았습니다. 당신은 곳곳에 서 있었습니다. 사라지는 것은 사라지는 것으로 사라지지 않는다. 길가 작은 웅덩이 위로 몇 줄의 기름띠가 흐르고 있었다. 몇 줄의 기름띠 위로 작은 무지개가 흐르고 있었다. 한 방울 두 방울 번지고 있었다. 한 장면 두 장면 이어지고 있었다. 또 다른 세계의 입구가 열리고 있었다. 멈추고 싶은 곳에서 멈추면 됩니다. 끝나는 곳에서 다시 시작하면 됩니다. 반복되는 질문에 대해서도 마찬가지입니다. 구름과 여백이 겹쳐지는 하늘이다. 흰색과 푸른색이 펼쳐지는 몸이다. 귀를 기울여 익숙한 소리들을 걸러낸다. 어떤 말은 오래오래 잊히지 않습니다. 고요한 것들이 고요하게 움직이고 있었다. 주고받는 이야기의 기본적인 구조를 숙지하고 있습니다. 시각적인 것과 청각적인 것의 통합을 시도합니다. 낯선 것일수록 감각을 예민하게 일깨울 수 있습니다. 내일은 달라질 수 있을까요. 익숙한 것을 낯설게 바라보는 연습을 합니다. 마음속에 간직해온 얼굴을 돌이라고 생각하기로 한다. 돌은 모든 것을 보고 돌은 무엇도 말하지 않는다. 말하지 않는 말들 위로 이끼가 내려앉는다. 너와 나라는 두 개의 문이 열린다. 가지가 가지로 이어지듯 목소리가 목소리로 이어진다. 어디로 가는지 묻지 않습니다. 제가 말씀드리고 싶은 것은 이것뿐입니다. 바닥에는 몇 개의 나뭇가지가 떨어져 있었다. 죽은 것이 죽은 것으로 다시 죽어가고 있습니다. 시각적으로 인지되지 않는 움직임을 따라간다. 흐르고 있는 그림자를 경계하라는 말을 들었습니다. 무엇 하나 이유 없이 존재하는 것은 없습니다. 세상의 모든 것들은 환한 빛을 필요로 합니다. 시간과 함께 둥글게 깎이고 있는 돌을 본다. 당신을 만나는 심정으로 돌을 만난다.

네 자신을 걸어둔 곳이 너의 집이다

네 자신을 걸어둔 곳이 너의 집이다. 이쪽에서 저쪽으로 움직여가는 것은 무엇인가. 변화를 통해 한 단계 높여드립니다. 하나의 단어로 충분히 드러낼 수 있는 어둠이다. 이의를 제기하지 않아도 될 것 같습니다. 주문을 외우면서 손목을 드러낸다. 이미 당신이 갖고 있는 것으로도 충분합니다. 의미는 동일하다. 보편적으로 보여주는 방식이기 때문입니다. 관자놀이에 손을 대고 보폭을 넓혀서 영역을 확보해나간다. 서 있는 자세 자체가 존재의 목적이 될 수도 있다. 우리들은 아직까지 살아 있습니다. 습관적으로 반추하는 오래된 기억이 있다. 그것은 함께 만들어가는 꿈입니다. 순간순간 움직임을 찾아내어 순간순간 지켜본다. 언젠가 지나간 길은 시간이 지나도 찾아갈 수 있다. 문밖에서 대화를 엿듣지 않겠다고 약속했습니다. 똑같지 않은 것을 똑같은 것처럼 반복하는 순환 구조의 문장을 반복한다. 동일하게 사용할 수 있는 주어와 술어를 밝혀낸다. 두 겹으로 흐르는 호흡을 부여한다. 몇 개의 감정이 동시에 흐르고 있다. 당신의 집은 텅 빈 극장과 숲과 강 사이에 놓여 있다. 기도를 하듯이 달려간다. 달려 나가듯이 걸어간다. 텅 빈 벽에 외투를 걸어둔다. 외투 속에는 못이 하나 있다. 일시적으로 숨겨진 것을 지속적으로 찾아내는 것이 우리의 할 일이라고 생각합니다. 당신의 목소리는 가늘고 길고 좁고 맑았다. 사실은 전혀 그렇지 않습니다. 주관적인 판단에 따라 기다리는 일에 조급해하지 않기로 한다. 사라져간 것들에게 익숙해지기까지는 단순하지 않은 배경이 필요합니다. 당신이 취하고 있는 세계로 들어가봅시다. 당신이 숨 쉬고 있는 호흡을 들여다봅시다. 쉽게 들을 수 없는 또 다른 목소리가 있다. 텅 빈 수식어로 변모해가는 감정이 있다. 원하는 것은 그저 원한다는 생각만으로는 이룰 수 없습니다. 언어로 꿈꾸는 자가 언어로 할 수 있는 최소한의 태도를 건네준다. 상징적으로 드러나는 말의 이면에는 반성과 회의의 자세가 숨겨져 있다. 무방비 상태로 사라지고 있는 장면이 점진적으로 전진한다. 당신은 당신이 놓여 있는 장소가 사라지고 있다는 사실을 장면이 끝날 때쯤에야 알아차린다. 주위를 둘러보면 자신의 자리를 되찾으려는 목소리들이 있다. 사라졌지만 여전히 상반된 모순 신호를 보내오는 윤곽이 있다. 당신의 언어가 당신이 가지고 있는 최상의 수단으로 받아들여지고 있는지 묻고 있다. 내일이 오리라는 최소한의 믿음을 지닌 채로 짧은 잠을 청하는 사람들에게 가능성의 장소를 제공하고 싶다. 대비가 뚜렷한 금붕어의 빛깔만큼이나 환히 펼쳐지는 모종의 확신이 필요하기 때문이다. 어떻게 이곳까지 오게 되었습니까. 낯선 곳에서 처음부터 연습을 하고 왔습니다. 손등을 보이며 입을 가리고 있다. 다양한 종으로 분류되는 식물이 있다. 주변을 맴도는 불확실한 움직임이 있다. 어제의 아이들은 온전하고 온당한 장면을 더욱더 많이 목격할 수도 있었다. 무거운 것이 위에 놓여야 합니다. 손을 자주 씻어야 합니다. 순서대로 공평하게 분배하면 마지막에는 모자랄 수도 있습니다. 이 세계에는 어떠한 확고한 원칙도 없기 때문이다. 은밀한 명령어가 뒤섞여 있는 세계 속으로 당신은 쉽게 섞여 들지 못한다. 약속 장소는 텅 비어 있었습니다. 기념품이라도 된 것처럼 홀로 놓여 있었습니다. 처음으로 다시 돌아가고 싶지는 않습니다. 외부에서 내부로 점진적으로 걸어 들어가는 과정을 통해 내부에서 외부로 옮겨갈 수 있는 개인의 고유한 특성을 발견한다. 서로가 서로에게 영향을 끼치고 있다는 것을 알아야만 합니다. 당신은 당신의 두 발을 가지런히 모은 채로 가만히 바닥에 내려놓는다. 당신은 당신의 그림자가 당신 자신의 보호막으로 작용하고 있다는 사실을 인지하고 있다. 기억은 어떻게 완성되어가는가. 울지 않고 웃을 수 있습니다. 이제는 눈물 없이 거짓 없이 집으로 돌아갈 수 있습니다. 많은 변화에도 불구하고 아직까지 문제는 남아 있다. 채색하고 탈

색하려는 의지를 드러내고 있다. 기꺼이 받아들이려는 의지만으로는 부족하다. 일정하지 않은 간격으로 구름이 흘러가는 창문이 있다. 여백의 전모는 당신 자신만이 알 수 있습니다. 사라져가는 구름 속으로 그림자를 흘려보낸다. 손에 닿는 익숙한 높이에는 모종의 안락함이 있다. 끝없이 열리는 장소에는 끝없이 열리는 위안이 있다. 담겨 있는 것은 담겨 있지 않는 것으로 존재한다. 네 자신을 걸어둔 곳이 너의 집이다.

어제와 같은 거짓말을 걷고

어제와 같은 거짓말을 걷고 있다. 지속되는 걸음을 막을 수는 없다. 나선으로 움직이며 빛을 발하는 천체. 그림자 속에 가려진 삶이 있다. 얼룩진 바닥은 청소하기가 쉽지 않습니다. 우주 어느 한편에 뜻을 드러내기 위해 응답을 하고 있다. 완전히 끊어졌는지도 모를 관계에서 들려오는 희미한 목소리에 귀를 기울인다. 드러내기와 감추기의 연속이다. 그럼에도 불구하고 가로로 긴 형태의 줄글로 되돌아오는 거짓말이 있다. 거짓말 속에서 묘사되는 장면은 논리적인 설명을 비껴간다. 눈길을 끌었던 구절을 종이에 옮겨 적는다. 어두운 색상을 이용해 쉽게 숨길 수 있는 정도의 문장이 적당하다. 손바닥과 손바닥 사이의 점성을 통해 별들의 질서를 수호하는 행동을 펼쳐 보인다. 어제의 입말은 오늘 다시 불가능한 수단이 되고 있다. 거절을 할 기회를 찾고 있지만 쉽지가 않습니다. 길눈이 어두우면 손발이 고생을 합니다. 말이 끝나기도 전에 모양을 바꾸는 자음과 모음이 있다. 시선을 정면에 두고 사물을 응시하기 시작한다. 자신이 가지고 있는 것 중에서 울리지 않는 것이 있다는 것을 알아차린 것은 언제입니까. 천천히 나누어 마신다는 것은 느리고 긴 호흡을 나누어 바라본다는 것이다. 현재의 모습을 지켜보면서 무언가 중요한 것을 옮기는 역할을 차분히

수행하고 있다. 우리는 그의 과거를 거의 모두 알아낼 수도 있습니다. 그것은 음악이 아닌 또 다른 그림자를 불러일으킬 수도 있습니다. 호의적인 대답을 하는 것으로 지금의 자리를 지키고 있습니다. 보여주고 있는 영역에 이르기까지 남다른 요구에 부응하는 행동 양식을 드러냅니다. 낯설고 이상하게 받아서 전달하는 임무를 부여받았습니다. 여름이면 텅 빈 극장에서 숲과 강이 보이는 집까지 달려갔다. 자신이 자신인 것처럼 꾸미면서 쫓겨 다니기도 하면서 바닥으로 전락했다고 생각했다. 틈을 비집고 나아가는 빛이 있다. 의자에 앉아 있는 일상적인 자세가 당신이라는 사람을 대변한다. 헛되고 공허한 웃음을 지으면서 어제로부터 멀어진다. 걷고 걷고 걷는 길이다. 걷고 걷고 걸으면서 멀어지는 길이다. 새로운 형태의 인간들로 변하고 있습니다. 어려움을 완화시킬 수 있는 태도를 취하지는 않는다. 고양이 한 마리가 지나간다. 당신을 앞질러 가듯 지나간다. 잘 알고 있다는 믿음 때문에 몸을 숨길 수 있는지도 모릅니다. 슬픔 없이 구축할 수 있는 표정을 지어 보인다. 몰려가고 몰려나기 전에 맞서는 것이 있다. 감각을 유연하고 조화롭게 만들기 위해서 신체 기관을 일깨운다. 벽에 몸을 기대고 맨손으로 의자를 짚은 채로 바닥을 내려다본다. 안으로 닫혀 있지 않은 머릿속에는 스스로의 인격과 무관한 그림자를 드러내려는 의도가 있다. 벽 쪽으로 기대어 있는 죽음을 환기시키는 움직임이 있다. 정지된 채로 정지되지 않는 움직이지 않는 움직임이 있다. 색깔을 잃어버리는 바람에 말을 해도 말에 지나지 않게 되었다. 손바닥에서 나오는 빛이 탁자를 붉은색으로 물들이고 있다. 학습한 낱말들을 탁자 위에 늘어놓는다. 어제의 세계를 다시 해석해내는 오늘의 조언이 적혀 있다. 사물의 움직임을 감지해 안쪽에 고여 있는 물결을 보여준다. 헌신적으로 식물을 돌보는 액체의 계절이다. 보았지만 믿을 수 없는 곡선을 바라본다. 잃어버린 강아지를 찾습니다. 네모난 상자는 네모난 상자 이상의 부피와 질량을 담보한다. 잃어버린 것은 잃어버린 후에야 떠올리게 되는 기이한 구조를 가지고 있다. 익숙한 신호를 보낼 때 관행적으로 따라오는 그림자가 있다. 빛과 소리의 다양한 질감을 전달하기 위해 당신과 당신은 마주 보고 있다. 차선의 선택을 하기 위해 살아가기도 합니다. 마음을 잃지 않는다는 것. 물을 부어주면서 말을 건다는 것. 바닥을 바닥으로 딛고 있다는 것. 어디에서 무엇을 하고 있습니까. 세상을 떠난 사람들이 여기저기에 서 있다. 상황은 지속됩니다. 종일 문을 연다는 것은 끊임없이 쏟아지는 내면의 목소리를 듣는다는 것이다. 눈에 보이지 않는다는 점에서 생각 지수는 행동 지수에 반비례한다. 어제의 발걸음 위로 또 다른 발걸음이 겹쳐 흐른다. 어두워지면서 되살아나는 얼굴을 만들어낸다. 어제와 같은 거짓말을 걷고 있다. 지속되는 걸음을 막을 수는 없다.

떨어진 열매는 죽어 다시 새로운 열매로 열리고

첫 페이지에는 사과라고 적혀 있었다. 흐르듯 떨어지는 곡선이 떠올랐습니다. 전경의 물체는 또렷한 윤곽선을 가지고 있었다. 보기 좋고 듣기 좋은 것들이 많았다. 문자의 표정은 부드러웠다. 사물을 되비추는 빛을 기대합니다. 단단한 눈빛과 대비되는 차분한 목소리로 말한다. 비교를 하게 되면서부터 불행을 덧입게 되었다. 너는 죽은 나무 아래에서 잠들었고 열매는 어김없이 떨어져 뒹굴고 있었다. 새로운 세상이 도착하게 될 겁니다. 엄격하게 확인하고 철저하게 지킵니다. 녹색을 띠고 향이 진한 것이 좋습니다. 무수한 꽃들이 날개를 펼쳐 날아오르고 있었다. 한 폭의 동양화를 연상시키는 풍경이다. 내면의 깊은 곳까지 가닿고자 했습니다. 기하학적 사고로부터 벗어날 수가 없습니다. 한 가지 일 외에는 신경 쓰지 못하는 성격입니다. 늙고 병든 목소리를 빌려서 너에게 말을 건넨다. 다시 태어난다면 낙관주의자가 되고 싶습니다. 의견을 최대한 수렴하여 반영하도록 하겠습니다. 자신을 있는 그대로 받아들이기로 한다. 열매를 수확해서 팔면 돈이 됩니다. 여러 기능을 하나로 통합했습니다. 이제 겨우 출발선에 섰으니 갈 길이 멀다고 생각했다. 실내의 창문은 강물에 비친 하늘의 구름까지 담고 있었다. 은밀한 욕망이 내재되어 있다고 읽었습니다. 문학적

분위기를 드러내고 있기 때문입니다. 순간순간 뒤로 가고 있다고 느낍니다. 자신의 존재 가치에 대해 끊임없이 고뇌하는 사람이다. 유려해 보이는 모습 뒤에 숨겨진 어눌한 마음을 고백합니다. 거리를 두고 보면 가면의 뒤쪽도 만나게 될 겁니다. 실용적인 문장을 반복한다. 허상을 다루고 있다는 사실을 인지한다. 압축된 마음에 다가갈 수 있습니다. 질문을 확보하는 것에 초점을 맞추어야 합니다. 하나같이 독립된 그림으로 구성되어 있습니다. 섬세하고 부드러운 곡선과 엷고 투명한 색채가 두드러집니다. 돌이킬 수 없는 일들이 스스로를 힘들게 합니다. 제각각의 이미지로 찾아오지만 그림자는 단 하나입니다. 기억과 망각 속에서 과거와 현재를 동시에 드러냅니다. 자신을 보호하는 데만 신경 쓰고 있습니다. 인간의 광적인 행동을 해학적으로 보여준 사례라고 생각합니다. 존재하는 것을 진정시키고 완화시키는 역할을 한다. 자연스러움만을 간직한 채로 늙고 싶습니다. 상상 속에서 재현되는 장면들을 과거라고 부릅니다. 깊이와 넓이를 제대로 감각하는 법을 교육받았다. 본질을 이해하는 것이 가장 중요합니다. 사람은 결국 자기 자신으로 끝나기 때문입니다. 은밀한 비밀이 은밀한 방식으로 유통되고 있습니다. 정확한 대안을 찾을 때 현실은 과거처럼 생생해진다.

빛과 그림자가 혼합된 백일몽의 연속이다. 너는 죽은 나무 아래에서 잠들었고 향은 여전히 피어오르고 있었다. 떨어진 열매는 죽어 다시 새로운 열매로 열린다. 마지막 페이지에는 극락정토라고 적혀 있었다.

제16회 미당문학상 심사 경위

신준봉 · 중앙일보 문화부 기자

올해로 16회째를 맞은 미당문학상의 운영 위원회는 5월 1일 첫 회의를 열어 심사 일정을 시작했다. 시인 이시영 · 최승호 · 김혜순, 평론가 오생근 · 이광호 5명으로 구성된 운영 위원회는 예년에 비해 예심 위원의 연령대를 대폭 낮췄다. 2009년 미당문학상 수상자인 시인 김언, 평론가 강동호 · 김나영 · 양경언 · 이재원을 예심 위원으로 선정했다. 곧바로 지난해 하반기부터 올해 상반기까지 주요 문예지에 발표된 시 작품 전체 검토에 들어간 예심 위원들은 7월 6일 1차 예심을 열어 강성은 · 김상혁 · 김소연 · 김승일 · 김안 · 김이듬 · 김중일 · 김행숙 · 김현 · 박상순 · 박형준 · 백은선 · 서효인 · 손택수 · 신용목 · 유홍준 · 이기성 · 이민하 · 이성미 · 이수명 · 이원 · 이제니 · 이준규 · 이현승 · 정끝별 · 정재학 · 황인찬 27명의 작품을 집중적으로 살피고 추가해야 할 시인이 있을 경우 2차 예심에서 함께 논의하기로 했다. 2차 예심은 같은 달 28일에 열렸다. 3시간 가까운 열띤 토론과 검토 끝에 강성은 · 김소연 · 김행숙 · 김현 · 손택수 · 신용목 · 이성미 · 이수명 · 이제니 · 이준규 10명의 시인을 본심에 올리기로 했다.

본심 심사 위원을 정하는 2차 운영 위원회는 8월 1일에 열렸다. 매년 한 명씩 운영 위원을 교체하는 미당문학상 운영 정관에 따라 올해를 마지막으로 운영 위원 활동을 그만두는 평론가 오생근과 역시 운영 위원인 시인 김혜순, 2000년 미당문학상 수상자인 시인 송찬호, 2011년 미당문학상 수상자인 시인 이영광, 평론가 조강석 이렇게 5명을 본심 심사 위원으로 선정했다.

수상자를 선정하는 본심은 예심에 비해 쉽게 합의점에 도달했다. 8월 26일 오후에 열어 1시간 남짓한 토론 끝에 김행숙 시인을 올해 수상자로 선정하는 데 만장일치로 합의했다.

심사평

타인과의 관계에 대한 예리한 성찰

조강석 · 문학평론가

본심에 오른 작품들을 검토하면서 심사 위원들은 얼핏 보아서는 대립되는 것으로 보이는 두 가지 특징에 대해 우선 동의할 수 있었다. 첫째, 예년에 비해 비교적 젊은 시인들의 작품이 대거 본심에 올랐다는 것과 이를 반영하듯 실험적 형식을 개진하는 작품이 상당 수 눈에 띄었다는 것이다. 둘째, 그와 동시에 우리가 살고 있는 공동체의 현실에 대한 비판적 인식을 직접적으로 드러내는 경향도 두드러졌다. 그런데 이와 관련된 얘기겠지만, 자신만의 방법론을 개진하는 데 집중하고 있는 작품들은 때로 '형식의지'만을 지나치게 드러냈으며 현실에 대한 비판적 의식을 드러내는 작품의 경우는 때로 태도가 문장보다 훌쩍 앞서 나갔다.

이런 점들을 고려할 때 방법론을 개성적으로 고수하면서도 주관에 함몰되지 않고, 현실에 대한 자신의 사유를 드러내면서도 문장의 탄력을 잃지 않는 작품을 최종적으로 검토하게 된 것은 자연스러운 과정이었다. 그리고 그 결과 심사 위원들은 어렵지 않게 김행숙 시인의 작품을 수상작으로 선정할 수 있었다.

김행숙 시인은 그간 감각적 표현을 통해 개성 있는 사유를 전개해왔다. 많은 논자들이 주목해온 것처럼 김행숙 시인의 작품은 무엇보다도 세계를 개성적인 감각으로 번역하되 그것이 독자들의 이해를 훌쩍 뛰어넘는 개인 방언에 그치거나 감각 그 자체에 몰두해 사유를 놓치는 탐닉으로 귀결되는 되는 경우가 드물다. 짧지 않은 기간 동안 김행숙 시인은 동시대의 물적·심리적 환경에 대한 집요한 관찰을 통해 삶의 세목들을 주목하면서 작은 것들 속에서 심대한 차이들을 발견하고 그것의 의미를 포착해 이를 개성적인 리듬에 실어 표현해왔다. 그러면서도 언어적 긴장이 풀리는 경우 없이 일정하게 작품의 높이를 유지해온 것은 지난 10년 동안의 우리 시단의 변화 양상을 고려해볼 때 충분히 높이 평가받을 만한 미덕임이 틀림없다.

이번에 본심에 오른 작품들에서도 감각은 더 정련되고 사유는 더 치밀해졌으며 문장의 탄성은 고스란히 유지되고 있음을 확인할 수 있었다. 당선작인 「유리의 존재」는 이런 특징을 여실히 보여준다. 김행숙 시인 특유의 다감한 어조 안에 타인과의 관계에 대한 예리한 인식이 담겨 있으며 문장은 일말의 흐트러짐도 없이 간격들을 정확하게 유지하면서 작품 전체의 사상事象에 깊이와 긴장을 부여한다. 소재이자 주제이면서 표제가 된 "유리의 존재"라는 표현 자체가 이미 사람들 사이의 관계에 대한 감각적인 포착과 깊이 있는 사유를 아우르고 있다. 제3자적 관찰과 논평 혹은 너무 빠른 흥분이 쉽게 관계를 설명하는 이즈음에 이 작품에 담긴 표현의 수일함과 사유의 깊이는 더욱 값지다. "나는 오늘에야 비로소 죽음처럼 항상 껴입고 있는 유리의 존재를 느낀 것이다"와 같은 문장은 사람들 사이의 관계 양상과 조건을 거의 즉물적으로 표현하고 있다. 그리고 이런 대목은 감수성과 지성의 통합이라는 현대시의 과제가 한국시에서 어떻게 달성되어가고 있는가를 증명한다. 이 문장에 심사 위원들의 탄복이 있었음을 밝혀둔다. 이제 한국시는 부드러운 집요함을 알게 되었다. 수상을 축하한다.

작품 출처

「삼십세」
「오늘 밤에도」
「하이네 보석 가게에서」
「미완성 교향악」

— 김행숙, 『사춘기』(문학과지성사, 2003)

「이별의 능력」
「소수점 이하의 사람들」
「다정함의 세계」
「가로수 관리인들」
「착한 개」
「숲속의 키스」

— 김행숙, 『이별의 능력』(문학과지성사, 2007)

「목의 위치」
「침대가 말한다」
「주택가」
「꿈꾸듯이」
「너의 폭동」
「연인들」

— 김행숙, 『타인의 의미』(민음사, 2010)

「존재의 집」
「밤에」
「유리창에의 매혹」
「새의 존재」
「천사에게」
「저녁의 감정」
「에코의 초상」

— 김행숙, 『에코의 초상』(문학과지성사, 2014)

제16회
미당문학상
수상작품집

유리의 존재

초판 1쇄 2016년 11월 21일

지은이 김행숙 외

발행인 이상언
제작책임 노재현
책임편집 박성근
디자인 김진혜
마케팅 오정일 김동현 김훈일 한아름 이연지

발행처 중앙일보플러스(주)
주소 (04517) 서울시 중구 통일로 92 에이스타워 4층
등록 2007년 2월 13일 제2-4561호
판매 1588-0950
제작 (02) 6416-3928
홈페이지 www.joongangbooks.co.kr
페이스북 www.facebook.com/hellojbooks

ISBN 978-89-278-0809-1 03810